長編超《スーパー》伝奇小説
ドクター・メフィスト

菊地《きくち》秀行《ひでゆき》

消滅《しょうめつ》の鎧《アーマー》

NON NOVEL

祥伝社

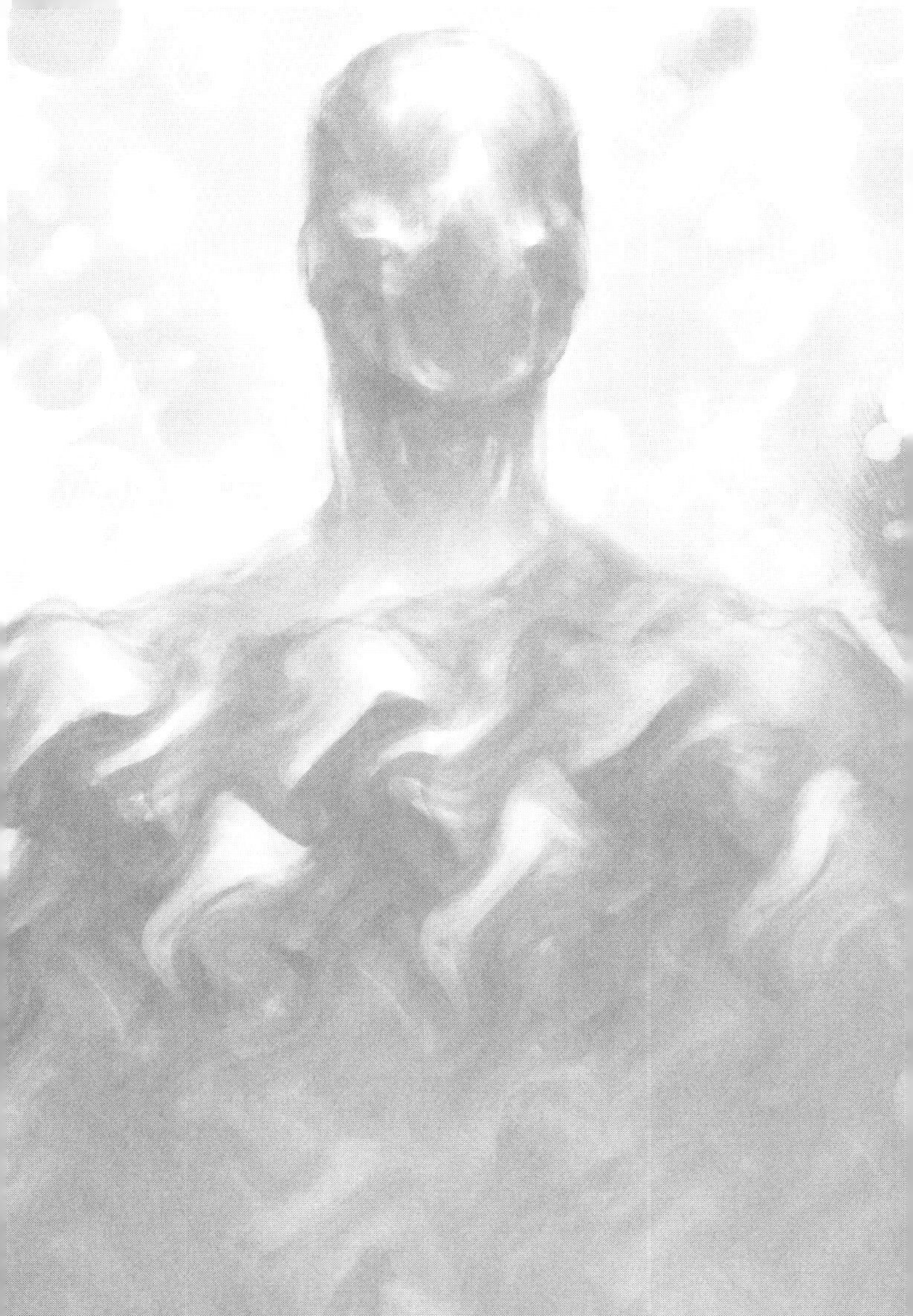

contents

カバー&本文イラスト／末弥 純
装幀／かとう みつひこ

二十世紀末の九月十三日金曜日、午前三時ちょうど——。マグニチュード八・五を超《こ》す直下型の巨大地震が新宿区を襲った。死者の数、四万五〇〇〇。街は瓦礫《がれき》と化し、新宿は壊滅《かいめつ》。そして、区の外縁には幅二〇〇メートル、深さ五十数キロに達する奇怪な〈亀裂〉が生じた。新宿区以外には微震さえ感じさせなかったこの地震は、後に〈魔震《デビル・クエイク》〉と名付けられる。

以後、〈亀裂〉によって〈区外〉と隔絶《かくぜつ》された〈新宿〉は急速な復興を遂《と》げるが、その街を産み出したものが〈魔震〉ならば、産み落とされた〈新宿〉はかつての新宿であるはずがなかった。早稲田《わせだ》、西新宿、四谷《よつや》、その三カ所だけに設《もう》けられたゲートからしか出入りが許されぬ悪鬼妖物がひしめく魔境——人は、それを〈魔界都市〝新宿〟〉と呼ぶ。

そして、この街は、聖と邪を超越した美しい医師によって、生と死の物語を紡《つむ》ぎつづけていく。死者すら甦《よみがえ》らせると言われる〈魔界医師〉——ドクター・メフィストを語り手に。

Part 1
泡のごとくに

1

　秋深いその日、〈メフィスト病院〉に搬送《はんそう》された患者《クランケ》は、病院開設以来の奇怪な患者と化した。

　ホームレスは、病院開設以来の奇怪な患者と化した。


　〈新宿二丁目〉の一隅《いちぐう》で行き倒れていた五十がらみの老人であった。患者たちは即座に救急センターへ送られ、全身の疾病《しっぺい》をチェックされる。

　怪異は〈救命車〉のストレッチャーから、緊急病棟のベッドへ移される途中で生じた。

　ベッドの移送器《ムーバー》を操作していた研修医が、えええっ!?　と驚愕《きょうがく》の叫びを放ったのだ。声こそ上げなかったが、付き添っていた病棟の医師もそれに気づいていた。

　ホームレスはもういなかった。

　彼らが眼にしているのは、人の形をした泡であった。大きさはさまざまだが、どれも虹色の光を放っている。

「あ……あ……あ」

　研修医はマジックハンドから手を放してそれを指さした。

　震える指先に追われるように、泡は人の形を崩《くず》し、次々に虚空《こくう》に吸い込まれていく。

「完全に消えるまで、三秒ジャスト」

　数えていたらしい医師がつぶやいた。

　空間のズレによって生じる亀裂に呑《の》み込まれる等、〝人間消失〟の事例には事欠《ことか》かない街だが、〈メフィスト病院〉内での発生は珍しい——というより初めてだ。

「院長に」

　と医師は呻《うめ》いた。それは奇怪な現象よりも別のことを恐れているように見えた。

「届けるのですか？」

　研修医は、崩れかかる膝《ひざ》を必死でこらえた。

「…………」

二人は沈黙した。その前に、周囲のスタッフ全員がそれに与《くみ》していた。

やがて――

「やむを得まい」

医師の歯が激しく鳴った。

怯《おび》えている。

病院内から為《な》す術《すべ》もなく患者が消えた。

院長にそれが知れたら――

責任を問われはしない。そんな院長ではない。

だが、断じて許すまい。そのような事態を。そのような病を。そんな人物ではない。

「誰が――伝える？」

こう訊《き》いたのは、〈救命車〉のスタッフだ。勿論《もちろん》、彼らも知っている。

沈黙が続いた。みな、このままでいたいと願っていた。

エレベーターのドアが開く音が、沈黙と願いを破った。

みな分かった。

足音も声も呼吸音すらしない。それなのに、分かった。

「さて、患者は何処《どこ》へ行った？」

世にも美しい声が流れた瞬間、医師も研修医も救命スタッフも、その場に気を失って倒れ伏した。

奇怪な消滅――というか〝泡沫《ほうまつ》化現象〟は、〈新宿〉中で発生していたのである。

〈歌舞伎町《かぶきちょう》〉午後六時――〈新宿コマ劇場〉の切符売り場の前で、いつも壁にもたれかかっている酔っ払いが、安ウイスキーの瓶《びん》をひと口飲《や》った途端に、ヒックと洩《も》らして泡と化した。

きらきらと泡自体が発光する玉は、周囲のネオンサインや窓の光を映して、それは美しいものなのに、誰ひとり讃嘆《さんたん》の声もなく、その消滅を見送っていたのは、泡と共に立ち昇る妖気のせいであった。

〈弁天町《べんてんちょう》・宗参寺《そうさんじ》〉境内《けいだい》・午後六時三二分――観

光に来ていた三人連れの女子大生が、他の観光客の眼の前でおびただしいきらめきと化して宙へのぼり——消えてしまった。

　これには他の観光客が撮影した写真が残っている。

〈三栄町《さんえいちょう》〉「蓮菜《はすな》医院」午後九時ジャスト——心臓弁膜症の手術を明日に控えた患者・西村昭一郎《にしむらしょういちろう》が、看護師と話している最中に突然、泡と化す。看護師は夢中でその右手を摑《つか》んだが、これも洗濯機に手を入れた時のような感触を残して消えた。

〈北新宿・新宿税務署〉午後九時四九分——面談中の〝鬼〟署長・小久保長善《こくぼながよし》は、しっかり毟《むし》り取ってくれたまえよ、はは、おまかせください、との会話の後で、分解した。相手の梶原《かじわら》〈区長〉が、声も出せずに空中を見上げっぱなしだったため、職員が気づいたのは、五分後であった。

　その晩だけで、消滅は二五名に及んだ。子供たちは、シャボン玉になったんだよと噂《うわさ》した。

梶原〈区長〉が〈メフィスト病院〉を訪れたのは、患者発生の翌日であった。

　この国一と謳《うた》われる豪華な〈区長室〉など、廃屋《はいおく》の一室としか見えぬ応接室で、白い院長は神授《しんじゅ》の美《び》貌《ぼう》を俗物《ぞくぶつ》の典型に向けた。

　いつもなら恍惚《こうこつ》と溶けるはずの梶原の顔が、恐怖に引きつった。

　ドクター・メフィストの美貌を、〝魔鏡《まきょう》〟と呼ぶ者がいる。

　その美貌を向けられると、相手は自《みずか》らの貌《おもて》に精神《こころ》を映し出すという。これは風聞《ふうぶん》だが、誰ひとり、まともな者はいなかった。すべて人間の顔とも思えぬほど醜悪《しゅうあく》であった。

　ただひとり例外がいたというが、誰かは分からない。ただ、白い院長が、別の生きもののようなあたたかい表情になるときは、その例外を思い出しているのだといわれる。

また、白い院長における〝別の生きもの〟とは、人間を指すともいわれる。

正午の秋の光に満ちた応接室の真ん中で、〈区長〉が浮かべた表情は、後ろめたそうな貌《かお》に小狡《こずる》い眼を光らせた醜貌《しゅうぼう》であった。

「昨日発生した奇現象について、ドクター・メフィストの意見を伺《うかが》いたい」

と梶原は切り出した。〈新宿〉に奇現象、神秘現象の研究家は何百人といるが、この白い院長を凌《しの》ぐ者はない。

「――あれと似た前例はあるのでしょうか？」

「ある」

打てば響く返事に、梶原は驚き、すぐに満面に歓びを刷《は》いた。

「ありますか!?　では、治療法も？」

「ない」

「はあ」

「前例は、一九三〇年のアイルランド。カークシャーという田舎町《いなか》で、深夜放送がそれを伝えた」

「放送？」

それを聴《き》いていたのは、A・アーノルドという一七歳の少年だったという。音楽番組に合わせていたのに、途中で奇妙な声に変わった。

「こちら、レイローレン市のニトメブロ九番街。個人放送局TXYのレル・トー××。通行人が、みな泡となって消えていく。誰も止められない。ああ、車が暴走し、片端《かたはし》から人を撥《は》ね、マキューバの店へ突っ込んだ。運転手はいない。消えてしまったんだ。街のあちこちから、泡が浮き上がって空へ吸い込まれていく。ああ、もう世界はおしまいだ。人間は海の泡から生まれたと聞いたことがある。みんなそこへ帰って行くんだ。おお、いま息子と女房が入って来た。異変に気づいて、真《ま》っ青《さお》だ。わ、女房が泡に――わわわ――息子もだ。おい、何処へ行く。俺を置いて行くな、戻って来い。おいってば。これで中継は終わる。世界はみな泡になっちまうんだ。

こちらはレイローレン市のニトメブロ九番街。個人放送局TXYのレル・トー××……こちら……」

　放送はそこで終わった。

「歴史に残る唯一の〝泡沫化現象〟だ。だが、人間のみが罹患《りかん》するため、私は疾病と考えている」

「いえ、その前に、ドクター、その放送局は何処にあるんです？　レイローレン市なんて、世界の何処にもありゃしませんよ。その男の名前だって、我々には発音できません。一体全体、何処の――」

「ある」

「へ？」

「誰も知らんがね」

「ドクター以外はですな？」

　皮肉っぽい口調になりかけているのに気づいて、梶原は総毛立《そうけだ》った。それが却《かえ》って、次の台詞《せりふ》をリアルにした。

「そそそんな都市があるのなら――疾病の治療法も分かったんでしょうな。ひとつ連絡を取って――」

「取れんよ」

「どうしてです？」

「レイローレン市は滅亡《めつぼう》した。ニトメブロ街で、これを放送した誰かも含めてな」

「ひょっとして――全員死亡？」

「治療法はなかったということだ」

　このときほど、白い院長の言葉が、その名前にふさわしく聞こえたことはない。

「ですが、ドクター、ここは何とかしていただきませんと――つまり、〈新宿〉も全滅という事態に？」

　冷静に口にしたつもりだが、

「そうならざるを得まい」

　もっと冷静に言われて、梶原は凍結した。

　しかし、と口を衝《つ》いたのは、数秒後のことである。

「幸いなことに、今のところは、〈区外〉での発生は世界の何処にも認められておりません。ですが――〈新宿〉で――ドクター・メフィストの手で食い止められなかった場合、これは世界全体の死を意味します。お願いです、ドクター、何とか食い止めてください」

「医師として最善は尽くす」

とメフィストは頼もしく応じて、

「しかし」

と口を閉ざした。梶原はもう世界が破滅しているような気分に陥《おちい》った。

「〈新宿〉には〈区外〉の間諜《かんちょう》が溢《あふ》れている」

こう言われて、間諜とはスパイのことだと思い出し、この医師はいつの時代の人間かと思った。

「この病気のことは、すでに筒抜《つつぬ》けだろう。援助の申し出があれば、すべて受けたまえ」

「それは勿論です」

梶原は両手を膝に叩《たた》きつけた。眼が燃えている。〈区外〉から寄附、援助をふんだくるのは、彼の最も得意とするところであった。これが〈区長〉の座を最も長く維持してこられた理由だ。

「世界認知の疾病となった時点で、WHOを通して世界中の医療機関や財団に寄附を募《つの》ります。政府は言うに及びません。南北アメリカ大陸、EU諸国、大英帝国、ロシアなど序の口であります。世界紛争の陰で、武器を売り、石油を売り、人間も売ってガボガボ儲《もう》け腐《くさ》っているサウジ、アラブ首長国連邦、クウェート、ブルネイ、貧乏で金がないと援助ばかりを求めるくせして、実は黄金やウランでしこたま貯め込んでいる南アフリカ共和国、ガーナ。おまかせください。尻の毛まで毟り取ってご覧に入れます」

「不要だ」

いつまで待っても〈区長〉が戻って来ないので、秘書の水森裕子《みずもりゆうこ》は心配になって、院内電話で、院長との会見の状況を求めた。

「三〇分前にお帰りになったそうです」

「え？」

あわてて、〈区役所〉へ連絡すると、水森は何処だとお怒りです。

「少し前にお戻りになりました。水森は何処だとお怒りです」

秘書はじっと携帯を見つめた。

2

灰色の空から白雪が散り始めた早朝、永田町《ながたちよう》にある首相官邸は二人の訪問者を同時に迎えた。

「疾病予防対策センター」所長・弾美樹彦《だんみきひこ》と、防衛大臣・稲垣友美《いながきともみ》である。

ここまでの渋い面《つら》は、と誰もが渋い面になりそうな渋面《じゆうめん》で彼らを迎えたのは、この国の首相・西郷《さいごう》忘七《ぼうしち》であった。彼はすでに弾所長から〝泡沫化現象〟の報告を受けていたのである。それなりの反芻《はんすう》を繰り返したのか、執務室に二人を迎えた開口一番は、

「対策はあるのか？」

であった。

「ありません」

と弾は答えた。

「目下《もつか》のところですが」

「その目下はいつまで続くのかね？」

所長は自信たっぷりにうなずき、

「ドクター・メフィストが対策を考え出すまででしょう」

「我が国最高の設備と人材を誇る対策センターのトップが、手に余る病は他人まかせか？　辞表を書いて首でもくくったらどうかね？」

「仰《おつしや》るとおりです。しかし、これが最良の方法です。〈区外〉での常識内の治療は事態を悪化させるばかりと考えます。幸い、目下〈区外〉での発症例はありませんが」

首相は大仰《おおぎよう》に頭を抱《かか》え、

「幸いか。幸いに賭《か》けるのか？」

と歯を剝《む》いた。

「この奇病の情報は、遅かれ早かれ世界中に広がる。ありとあらゆる国が治療法のノウハウを求め、駄目なら〈新宿〉へ医療チームを送り込むと申し込んで来るぞ。それを拒否すれば、〈新宿〉を処分しろと言い出しかねん」

「しかし、そんなことをすれば、国連が黙《だま》っては――」

「国連がどちらの味方をすると思うね？　いまだ発症例のない安全なる常任理事国と、世界を危険な渦《うず》に巻き込まんとするちっぽけな危険極《きわ》まりない非常任理事国と？　あと二週間もすれば、国連決議の名の下《もと》に、〈新宿〉へ核を射《う》ち込めと言って来るだろう」

「その前に」

今まで黙っていた稲垣防衛大臣が、静かに口をはさんだ。女性にして三〇歳の若さで国家防衛の全責任を担《にな》うしなやかな美女は、二人の老虎《ろうこ》の渋面を、さらに悪化させた。

「こちらへ向かう車中で、アメリカの国土安全保障省の疾病調査局が、調査グループを日本へ送ったとの情報が入りました」

「そんな話は聞いとらん。またキッシンジャーの衣《い》鉢《はつ》を継《つ》いだ忍者外交か？」

「外交ルートでの接触は一切ありません」

「――ということは？　極秘潜入か？」

弾所長が眉《まゆ》を寄せた。

「目的は〝泡沫化現象〟――乃至《ないし》〝泡化《ほうか》病〟の原因と治療――及び兵器としての応用法、これに尽きると思います」

「他国の病を自国の兵器に使うつもりか？」

「エイズもエボラ出血熱も、細菌兵器が外部に漏《ろう》出《しゅつ》したものだという風聞《ふうぶん》はご存じと思います。アメリカ、ロシア、イギリス、フランス、ドイツ――軍部の兵器開発機関が、このような最高の症例と機会を見逃すはずはありません。三日以内に〈新宿〉は世界の極秘調査団で埋まるでしょう」

「中国のように秋葉原《あきはばら》へ外貨を落としてくれるといいがね」

我ながらいい冗談だとにんまり笑ってから、首相は、待てよとつぶやいて、空中に眼を据《す》えた。

「そうか」

その両眼が、獲物を発見した飢《う》えた肉食獣のような血光《けっこう》を放ちはじめ、残る二人は顔を見合わせた。

「あと三日か――いや、今日いちにちが勝負だ。稲垣大臣、すぐに閣議を開く。そして、今日この瞬間から三日間、あらゆる外国からの航空機、船舶の乗り入れを禁止する」

眼を剝いたのは弾所長だけで、美女大臣は、ほお、とむしろ感心の表情を作った。

「都道府県警は、海岸線の見廻《みまわ》りを厳《きび》しくし、不審者を発見した場合、有無《うむ》を言わさず逮捕拘引《こういん》する。我が国にひとりの侵入者も許さぬのだ。各国大使館並びに政府への言い訳は決まっておる。恐るべき伝染病の発生だ。それなら文句のつけようがあるまい」


「おかしいなあ」

辰巳《たつみ》しげるは首を傾《かし》げた。

「どかした？」

同じ「SF造型」の同僚・来須《くるす》マチが、横から覗《のぞ》き込んで、

「何よ、これ？」

と頭の上に？マークを点《とも》した。

「だろ？　おれにも分からない」

しげるは、しかし、眼の前の机に載《の》せた胸像《きょうぞう》を半《なか》ば不気味、半ば親愛という感情を込めて見つめた。おかしな作品に、自分の手になるもの、という以前の不可思議な親近感を感じたのである。

小学校の頃から特撮ものの怪獣やマスク・ヒーロー等の造型に惹《ひ》かれて、高校を出てすぐこの道へと び込んで四年。七つの頃から自宅で粘土やラテックス相手に奮戦《ふんせん》し、「モンスター・ハウス」と呼ばれ

た天分《てんぶん》は、たちまち彼をナンバー1《ワン》の地位に押し上げたが、本人は日々努力を重ね、新素材だの、塗装用の粘着媒体だのを発明し、社長の薦《すす》めで特許も取得、若くしてビリオンの預金通帳と、好きな時間に好きなだけ好きなものをこしらえてOKという自由さを手に入れたものの、こういうマニア・タイプには当然のごとく、海外の商品の購入や個人的趣味の創作等に浪費し尽くして、ついに経済破綻《はたん》。危《やば》い仕事にも手を染めて、生命《いのち》を狙《ねら》われたこともある。ようやく落ち着いたものの、大手からは見捨てられ、今日もつまらない特撮CMの、類人猿の骨格を造り上げたのである。いや、そのはずであった。

「それってさ、胸部《バスト》だけでしょ。何か、あなたのサイズじゃないの?」

「えー?」

と眺《なが》めてみると、確かにぴたりと合いそうだ。しげるはラテックス製のそれを取り上げ、胸に当てた。

脊椎《せきつい》が収まり、肋骨《ろっこつ》が嵌《は》め込まれる。

「うーむ」

「少し大きいな」

確かにすんなり入ってしまう。

「何でえ」

と作業台上に戻したそれを、じっと眼で追っていたマチが、

「ねえ、それ何で出来てるの?」

とおかしなことを訊いた。

「ラテックスに決まってるじゃんかよ」

「ラテは、そこにあるわ」

「え?」

白い指がさす方を見ると、台の下にバケツに盛ったラテックスが大人しくしている。

「そんな——」

ぞっと手を見る。指先が銀色の輝きを放っていた。

「——確かにラテックスだったぞ。手触《てざわ》りだって

――」

だが、別の品だったらしい。

「じゃあ、これは何なんだ？」

思わず手を伸ばして台の上の胸郭《きょうかく》に触れた。

まさか、それが煙のように指先から体内へ吸い込まれるとは。

片方の手ではない。両手の指だ。そこに同時に吸い込まれれば、当然、胸像は二つに裂ける。それが、難なく体内へ潜《もぐ》り込んでしまったではないか。

「やだ！　何よそれ⁉」

とマチは絶叫し、しげるは、

「わわわわわ」

と自前の胸部を掻《か》き毟ったが、何も異常は感じないらしく、すぐにやめて、

「どうなったんだ？」

と首を傾げた。

「医者行こ、医者」

とマチがドアの方を指さした。異物が入ったレベルの話ではない。胸がひとつ、胸の中へと吸い込まれてしまったのだ。幸い、近くに「毒島《ぶすじま》医院」という、評判のよくないクリニックがあった。

「やだよ、あそこ」

と渋るしげるを、死にたいの？　と脅迫して、無理矢理連れ出し、医院で事情を話すと、すぐに胸部CT撮影を言い渡された。

写真《データ》は一分とかからずPCのディスプレイに映し出される。呼ばれて院長の前へ行くと、

「胸部の骨と肉の間に、もうひとつ胸骨が出来ているね」

困ったような表情で言い渡された。

「何です、それ？」

後ろのマチが訊いてしまった。

「言った通りだ。骨格と肉の間にもうひとつ骨格が存在するということだね。つまり、彼は二重の胸を持っているということになる」

「そんなことあるわけないでしょ。今まで気がつか

なかったんだから」

　マチもムキになった。気丈――というより二四時間、戦闘意欲満々の娘なのだ。しげるよりひとつ下だが、知らない連中には、よく、お姉さん？　と訊かれる。造型歴はまだ二、三年だが、筋《すじ》は抜群《ばつぐん》にいい。

「君の言った、指から吸い込まれた造型の胸部がこうなったとしか考えられんなあ」

　毒島院長は、バカでかいモニターに映ったしげるの胸部写真を見て、首の後ろを叩いた。

「誰かに呪《のろ》いか魔法をかけられた」

　と続けた。

「心当たりはあるかね？」

「全くありません」

　ようやく、しげるが答えた。

「ふむ。とにかく、もうひとつ胸が出来たのだ。異常があれば、また来なさい――ん？」

　院長は、眼の前で胸のあたりを押さえたしげるの異常に気がついた。

　顔に瘤《こぶ》状の膨《ふく》らみが幾《いく》つも――それは七色のかがやきを放っていた。

「〝泡沫化現象〟だ」

　毒島院長は愕然《がくぜん》と立ち上がったが、視線をしげるの面上に注《そそ》いだまま逃げようとはしなかった。やはり医者である。

「しげる!?」

　マチが叫んだ。

　その声が奇蹟《きせき》を起こしたかのように見えた。

　瘤状の泡が引っ込んだ。否《いな》、その上を白いものが覆《おお》ったのだ。もうひとつの、しげるの顔が。

　恐るべき〝泡化病〟に治療法があったのだ。

「そうか――第二の骨格だ」

　毒島医師が呪文《じゅもん》を唱《とな》えるように言った。

「あれが〝泡沫化現象〟を防いだのだ。あの骨格の内側には、泡沫化が生じない――いや、生じても治《ち》癒《ゆ》してしまうのだ。鎧《よろい》がその内側の肉体を外敵から保護するかのように。君、世界は永久に君に感謝するぞ」

「はあ？」

「いや、これを作ったのは君だろう？」

「そら、型を整えたのは。でも、身体《からだ》の中に入って来るなんて」

「分子浸透《モレ・インター》かもしれんな。だが、どうやって？」

毒島医師の眼が、異様な光を放って来た。

「入院が必要だな」

「え？」

「すぐに外すべきだ。剝離《はくり》手術を行なう」

「待ってください。簡単に剝《は》がれるんですか？」

「大丈夫だ」

「大丈夫じゃないわ」

とマチが院長を睨《にら》みつけた。

「先生――何を考えてるんですか？　新しい骨格が欲《ほ》しいだけでしょ」

「…………」

マチはしげるの手を摑んで立たせた。引っ張って来たときみたいに、引っ張って行こうとしているのだ。

「さ、今度は〈メフィスト病院〉へ行くわよ。最初からそこにすればよかったわ」

憎たらしく言い放ったその眼の前に、すうと毒島が立ち上がった。

「行かせんぞ。その男は私の患者だ」

彼はデスクの引出しから、銀色に光るマジックハンドとしか見えない品を摑み出して、右腕の前腕部に装着した。

3

「やめろ、二人とも」

しげるが腰の後ろにつけたヒップ・ホルスターから、グロックＰ17を抜いて、毒島に向けた。妖物《ようぶつ》が跋扈《ばっこ》する〈新宿〉では、拳銃の携帯は基本的に自由ている。マチも持っているのか、右手を腰の後ろに廻している。

「先生、すみません。失礼します」

詫《わ》びるしげるへ、

「待てと言っただろ」

毒島は右手を軽くふった。

しゃあと骨格だけのマジックハンドが伸びて、しげるの手からグロックをもぎ取り、自分で握りしめた。

こちらに向けられた九ミリの銃口へ、

「その腕――作ったんですか？」

とマチが訊いた。

「いいや、既製品だ。通販でな」

「やっぱりね――あたしもです」

背に隠したマジックハンドを、マチは思いきり院長のそれに叩きつけた。グロックは、新しい鉄の手の中にあった。

「動くな！」

叫んだ声も、マジックハンドの構えも堂に入ったものだ。神経系と直接コネクトしたメカは、人間の手と殆《ほとん》ど違《たが》わぬ動きを示す。もともと医療用として開発された品である。

「マジックハンドで何か造型できないかと試しに持って来たんだけど、おかしな役に立ったわね。早く出て」

しげるが部屋を出るのを見届けようと、毒島から眼を離した途端、彼は横殴《なぐ》りに右手をふって、グロックは宙をとんだ。

喉元《のどもと》へ伸びて来るそれを、マチは自分は動かず、下から摑んで逆を取った。マチは合気道の有段者である。

「貴様《きさま》」

毒島は生身《なまみ》の左手をデスクに走らせた。メスが光った。それをマジックハンドに放った。

指がそれをつまむや、びゅっとひと薙《な》ぎ。マチのマジックハンドは腱《けん》を切られた腕のように、半ばから垂《た》れ下がった。

「もうっ！　高かったのにィ」

医師に歯を剝いて見せるや、マチも部屋をとび出した。

その髪がぐい、と引かれた。

毒島のマジックハンドは、二メートルも伸びていた。

「毟り取ってやろうか」

怒りを超えた殺意で、どす黒く変わった面貌《めんぼう》が、一瞬、眼を見開いた。

別の手が横から彼のマジックハンドを摑んだのだ。しげるの手であった。

軽くひねっただけで、毒島の偽《いつわ》りの手は青白い火花を散らして、へし折られていた。

「まさか――三馬力も出るのだ。それを」

驚きの表情が、さらに険《けわ》しくなった。

「そうか――その骨格が。体内に鎧を――強化服《パワード・スーツ》を着たようなものか!?」


答えもせず、しげるは前へ出て、毒島の喉を摑んだ。みるみる暗紫色《あんししょく》に変わる顔を覗く顔は能面のように硬く冷たかった。

「やめて！」

その腕に、マチがすがりついた。

「殺しちゃうわよ、やめなさい！」

突然、しげるの顔に感情が戻った。あわてて毒島を解放したが、失神中と知るや、あらためて奥の壁へと叩きつけた。吹っとぶ姿は、人形のようだが、激突音と衝撃は生身ならではであった。もう一度人形に戻って、毒島は崩れ落ちた。

「私よ、分かる？」

としげるの顎《あご》に手をかけてこちらへひん向けると、

「大丈夫だ、分かるって」

「じゃ、行くわよ」

と待合室へ出るや、白衣の介護士や看護師が、三和土《たたき》の前で麻痺銃《パラライザー》の狙いをつけて来た。

「後ろへ！」

マチが隠れた途端、指向性ビームが集中し、しげるは意識を失った。まだ体内装甲――鎧を操《あやつ》るまでには達していないのであろう。或《あ》るいは装甲自体の気まぐれな動きによるものかもしれない。がくりと膝をついた姿は、動力の切れた強化服ではなく、単に意識を失っただけの人間に見えた。

「動くな」

介護士のひとりが叫んで、走り寄って来る。

その前で、すうとしげるが立ち上がった。覚醒《かくせい》したのか、と眼を見張り、マチはすぐ過《あやま》ちを悟《さと》った。

がっくりと首を垂れている。まだ失神中なのだ。その頭部は半透明の物質で覆われていた。

「何だ、こいつは？」

介護士のひとりが、いきなり麻痺銃を放った。

しげるは一歩進んで、その銃を摑むや、もう片方の手で介護士の首を一撃した。ごきん。直角に曲がった。

真紅《しんく》の光条《こうじょう》が、しげるの顔面を襲った。レーザーガン七〇〇〇度の猛射だった。患者に妖獣《ようじゅう》妖物がいないとは限らぬ〈新宿《エスパー》〉の病院には標準装備の品である。介護士に超能力者を雇《やと》っているところもあるのだ。

しげるの体内装甲は、太陽の表面温度に匹敵する高熱を、びくともせずに撥ね返した。

左手の平を広げた。

ビームはその真ん中で方角を変え、右横の壁を貫《つらぬ》いた。

――しげるなの？

マチは、他の患者たちと一緒にソファの陰に隠れて、彼を見つめた。

いや、まだ眠っている。

すると、この動きは？――装甲自体の意志によるものか⁉

しげるは歩き出した。

「止めろ！　外へ出すな！」

診察室から、血まみれの毒島医師が、ドアに抱きついて身体を支《ささ》えながら叫んだ。

「そいつは狂ってる。見境《みさかい》なしに殺戮《さつりく》と破壊を繰り返すぞ！」

鼓舞《こぶ》されたのか、介護士と看護師がとびついた。見た目は平凡な若者なのだ。

手のひと振りで二人とも吹っとんだ。顔が歪《ゆが》んでいる。頭が砕《くだ》けたのだ。

患者たちが呆然《ぼうぜん》と見送る中を、しげるはドアを突き破って外へ出た。

「ちょっとお」

マチが跳《と》び上がって走り出した。

「げっ!?」

医院の前は、狭い通りをはさんで、廃墟《はいきょ》の工事現場だった。数少ない〝復興可能廃墟〟は、巨大なクレーンやトラクター、レーザー砕岩器《さいがんき》の群れによって平らに均《なら》されていく。

火花が上がり、火球《かきゅう》が膨れ上がるたびに、外郭だけのビルが倒壊《とうかい》し、踏み潰《つぶ》されていく。人間による〈魔震《デビル・クエイク》〉の再現とも見えた。勿論、キープアウト・テープが張り巡《めぐ》らせてあるし、ガードマンも立っている。

真っすぐ近づいて行くしげるへ、ガードマンと小型の警備用車輌《タンク》が近づいて来た。

肘《ひじ》かけ椅子《いす》くらいのタンクの半球砲塔《ほうとう》からは、五〇ミリレーザー砲と七・七ミリ機関銃の銃身が覗いている。ガードマンの複合《CP》ライフルは言うまでもない。

「止まれ！」

ガードマンの制止は、口もとのマイクが増幅した。遠くのガードマンもふり返ってライフルを肩付けする。

「あの――違うんです」

マチは駆け寄って、しげるに抱きつこうとした――が、やめておいた。

「これ、あたしの彼なんですけど、おかしな霊に取り憑《つ》かれちゃって。だから、あの、見逃してやってーーって、放置しちゃってください。お願いしまーす」

必死に頼んだつもりだが、そうは聞こえなかったらしく、ガードマンはもう一度止まれと叫ぶや、発砲を開始した。

複合ライフルの五・五六ミリ高速弾がしげるの全身に集中する。顔面にも弾痕《だんこん》が生じ、マチは悲鳴を上げた。

体内装甲の外は通常の皮膚や肉である。そこを破壊すれば、人間《ひと》並みの苦痛に身を灼《や》くはずである。

だがーー
「あーっ⁉」

弾痕はことごとく消えていくではないか。身を伏せた位置から、マチは立ち上がった。

タンクのビーム砲が、進み行くしげるの胸の真ん中に吸い込まれた。

炎が上がった。衣裳《いしょう》の断末魔《だんまつま》だ。

七・七ミリの銃声が連続した。弾痕ーーそして、消滅。

火球がしげるを包んだ。ガードマンの複合ライフルは、三〇ミリ榴弾《りゅうだん》を射ち出す。〈区外〉のパトカーくらいならイチコロだ。

炎の塊《かたまり》が進んで行く。足取りに遅延はない。

「クレーン！」

ガードマンが叫んだ。

昔ながらの巨体と無骨《ぶこつ》さを誇るメカが、キャタピラーの音も勇ましく向きを変えた。瓦礫《がれき》をさらに細かい瓦礫に変えつつしげるめがけて突進してくる。

クレーンが勢いよく降下する。人間相手に無謀だと思うのは、〈区外〉の発想だ。〈新宿〉の人間《ひと》は、人間《ひと》とは限らない。

ビルを破壊する数トンの鉄の爪が、時速六〇キロでしげるに叩きつけられた。

マチは見た。

クレーンごと車体までが宙をとぶ姿を。マチの眼に狂いがなければ、しげるは片手でクレーンに触れただけであった。クレーンが自分でとび上がった。そうとしか思えぬうちに、鉄の塊は前方の六階建て廃ビルの三階にめり込んだ。衝撃は数十トンに達した。ビルは二つに折れ、上半分は地上へぶつかる前に、空中崩壊を起こした。下半分も呆気《あっけ》なく倒壊する。戦艦の四〇センチ主砲から模擬《もぎ》弾を射ち込まれたようなものだ。

「どうすんのよ、これ?」

マチは絶望的な表情になった。

そのかたわらを風が過ぎた。

白い美しい風であった。

しげるの後ろから吹きつけるそれは、すぐ、白いケープの人の形を取った。

「ド、ドクター——メフィスト!?」

マチは絶叫した。

「信じられないわ」

眼の前のベッドには、額《ひたい》に絆創膏《ばんそうこう》を貼ったしげるが、不貞腐《ふてくさ》れ満開の顔を、窓の方へ向けていた。しげるが、ぽつりと、

「おれが、あんなふうになったことがかよ?」

「何をぬかすか、このノーテンキ。ドクター・メフィストが、一発であんたをノシちゃったことよ」

鮮烈《せんれつ》に網膜《もうまく》に灼きついた光景は、ちらと意識しただけで鮮《あざ》やかに甦《よみがえ》る。

無敵の死神《しにがみ》のように前進するしげるの背後から近づいたメフィストが、首の後ろに右手をかけた——それだけで、破壊神は呆気なく、その場へへたり込んでしまったのだ。

倒れた彼を見下ろす白い医師のケープを風が翻《ひるがえ》し、破壊の炎が照らし出すその美貌は妖《あや》しくマチの眼に灼きついた。

それ以来、この娘は半ば夢幻境《むげんきょう》にいる。

「おれもさっぱりだ。あの藪《やぶ》医者のとこで意識を失

って、気がついたらベッドにいた。間のことは全く残ってない。今、おまえに聞いた話なんて、本当だとは思うが、自分の身に起こったとは、どうしても信じられないんだ」

　それから胸や肩を平手でパタパタと叩いて、

「その――内部装甲は、まだあるのか？」

「ドクターに訊かなかったの？　もうないってさ」

「よかった。いや、話どおりだとしたら、あのまま真っすぐ、前にあるものをすべて破壊して前進しただろうからな。何人死んだか分かったもんじゃない」

「絶対、鎧ん中に何か棲《す》んでるわよ。そいつが、あんたの意識がなくなったからって、身体を操ったのよ」

「どうしてだ？」

「分からないわよ、そんなこと」

　しかし、どちらも、しげるの体内におかしな装甲体が存在したこと、それが彼を操って不死身の破壊神ぶりを見せたことは否定していない。彼らも〈区民〉の一員なのだ。

　かすかにチャイムが鳴った。

　ベッドサイドのモニターに、訪問者の姿が映る。

「あン」

　とマチが呻いた。

　美貌ばかりか、全身が自ら発光しているかのように見えた。

　ドクター・メフィストの来訪であった。

Part2

呑《の》み屋《や》の魔人たち

1

ドクター・メフィストによれば、

「君の体内装甲は、完全に消滅している。だから、私も簡単に眠らせることができた」

彼は近くの仮設住宅へ往診に出かけていたのである。しげるを見かけたのは僥倖《ぎょうこう》だったのだ。

「だが、君が仕事でこしらえたはずの胸部が、いつの間にか別の素材に変わって、触《ふ》れた途端、指先から体内へ吸い込まれたとなると、その造りものに意識と思考が存在すると見なさなければならん。私が触れた感覚では、憑霊《ひょうれい》の類《たぐい》ではない。鎧《よろい》が意志を備えた。全く自然発生的には、〈新宿〉ですらそうそう起こりえぬ事態だ。私は外部からの介入によるものと見た」

「すると、あれですか？　おれの造った胸部に思考や変身能力を与えた奴《やつ》がいる、と？」

「そうだ。心当たりはないかね？」

しげるは眼を閉じて記憶を辿《たど》った。少しして、

「いえ」

と首をふった。

「ふむ」

「あのお」

片手を上げたのは、マチだった。

「心当たりが？」

「はい」

両手を側頭部に当てて、

「あのとき――私、いちばん先に、造型室へ行ったんです。角を曲がったら、ちっちゃなお爺《じい》さんが部屋の方からやって来て、あたしの横をすり抜けて行っちゃいました」

「どんな人だった？」

「それが、お洒落《しゃれ》に慣れてない人が気取ってる、みたいな。濃いサングラスに赤いストライプの背広、もっと真っ赤な蝶《ちょう》ネクタイには、白い星がちりば

められてました。シャツは紫色で、すっごく太い葉巻をプカプカ喫《す》って——今でもあの匂い思い出すわ。靴は二〇センチもあるシークレット・ブーツ。それでも、あたしの肩までしかなかったわ」

ここで、ぷっと噴《ふ》き出して、

「最後のショック。鼻の下には立派な白髭《しろひげ》——なのに、頭つるつるでした」

「ふむ」

「まるで喜劇だ。部屋を間違えた芸人じゃねえの？」

「かもしれない」

「よく思い出してくれた」

メフィストは立ち上がった。

「え？　あのお爺さんが事件の張本人なんですか？」

返事はない。

ドアノブに手をかけて、白い院長は二人の方を向いた。穏《おだ》やかな表情であった。

「今日いちにち休んで、明日退院したまえ」

よかったとマチは胸を撫《な》で下ろしたが、しげるはあわてた。

「あの——おれの中の鎧——もう大丈夫なんですか？」

「跡形《あとかた》もない以上、そう判断するしかあるまい。異常があれば、私の方へすぐ連絡が来るよう治療はしておこう」

「やっぱ、後引きますかね？」

「医学はなお運命には逆らえん」

それは、可能性はある、という意味か。

安堵《あんど》と不安が胸の中を駆け巡《めぐ》り、何とも言えない気分になってから、しげるは、あのお、とメフィストを追ったが、ドアはとっくに閉ざされていた。

白い廊下に人影はなかった。スタッフの誰もが知ってはいるが、通ったことのある者はほとんどいないと言われる〈院長室〉への直通路であった。

奇跡的な偶然で迷い込んでしまった看護師によれば、

「死の国へと続く道」

だったという。看護師は今でも働いているが、それ以上のことは口にしていない。

メフィストは足を止めた。

ケープから左手が現われ、空中へふられた。

地上三メートルほどの高みに出現した光景へ、メフィストは眼を閉じ、

「お呼びですかな？」

と訊《き》いた。


一〇分後、〈歌舞伎町〉にある「酒処純次《じゅんじ》」の扉を開けていた。

「らっしゃ――」

最後まで言えず、眼鏡《めがね》をかけた店主は、厨房《ちゅうぼう》の奥で口を開けたまま硬直した。

軽く会釈《えしゃく》し、メフィストは店内を見廻《みまわ》した。彼に気がついた店員も、まだ少ない客たちも、石と化す。ある意味アイドルが来たのと同じだが、迷惑《めいわく》と言えば迷惑だ。

そのとき、きゃあと奥の方で女の悲鳴が上がり、若い女店員が、片手で胸を片手で尻を押さえて走って来た。これもメフィストを見て金縛《かなしば》り状態に陥《おちい》った。

「どうした？」

店主が訊いたが、これは愚問である。女店員のブラウスの前は掻《か》き広げられて豊かな乳房が転げ出ている。守りのブラは、見事に外されていた。尻のほうは、ジーンズが下ろされ、白い肉の山が丸見えだ。くびれを作る赤いTバックに、店長は鼻の下を伸ばしかけたが、そこへ、

「よお、来たか!?」

店の左には衝立《ついたて》で仕切った小座敷が並んでいた。そのいちばん奥から、すでにきこしめしているらしい赤ら顔がひょいと覗《のぞ》いて、片手をふった。サング

ラスをつけた白髭の老人であった。禿頭《はげあたま》が照明に照り映《は》えているのは、病院の廊下でマチが見たのと同じだ。

「この助平爺《すけべじじ》ぃ！」

メフィストも院長室の空中で同じものを見た。

女店員が叫ぶとトイレへと駆け出して行った。

メフィストは座敷の前まで歩き、

「相変わらずですな」

と言った。

「若さを保つ秘訣《ひけつ》じゃよ」

「よくお似合いですな」

メフィストは真っ赤な蝶ネクタイへ視線を落とした。

「そうだろう」

老人は焼酎《しょうちゅう》が半分ほど入ったグラスを掲《かか》げて、挨拶《あいさつ》した。

「さあ、上がれ上がれ」

「失礼」

メフィストはテーブルをはさんで腰を下ろした。ビール瓶《びん》と徳利《とっくり》が三〇本以上並んでいる。大した酒豪といえた。

「大学のほうはよろしいのですか？」

「一週間、休講にして来た。ま、一杯飲《や》れ」

「酒は飲りません。今日は手術があります」

メフィストの口調は冷厳《れいげん》である。患者以外にはいつものことだ。

「そう堅いことを言うな——と言っても始まらんな。弟子だった頃からお堅い男だった。ああ、シビウはよかったわい。学生酒場の安ワインで、ほんのり頬《ほお》を染めていた媚態《びたい》が忘れられん」

と興奮のあまり、身を震わせる老人へ、

「過ぎたことはお忘れください。ドクトル・ファウスト」

ついにメフィストは名を呼んだ。

ドクトル・ファウスト——ドイツの文豪の作品に登場する大学者だが、現実に存在したという事実を知るものは少ない。今、極東の国の首都――そこの呑《の》み屋《や》にいる。

そこへ女店員がふらふらと注文を取りに来た。

「出汁《だし》巻き玉子と大根の煮つけをお願いする」

「はあ」

女店員は、よく分からないという表情で去った。

「しかし、よく召し上がりましたな」

テーブルには、酒瓶の他に、刺身やカラ揚《あ》げ、冷奴《ひややっこ》の皿が山と積まれている。五〇枚は下るまい。

「いや、すまん。隣の座敷にいた連中に奢《おご》ってしまってな。挙句《あげく》に財布が見つからん。カードも入っていたからどうしようもなくなって、おまえを呼んだわけだ」

はははと笑った。

「相も変わらずドンチャン騒ぎがお好みですな。グレートヒェンさまが、ここに青筋《あおすじ》を立てておられますぞ」

メフィストは人さし指で右のこめかみをつついた。グレートヒェンとは、老ファウストの夫人であった。

赤ら顔の酔いどれは、急に大人しくなった。白い愛弟子《まなでし》のひとことは、急所を突いたのだ。

「グレートヒェン」

ぽつりとつぶやいた。

「グレートヒェン」

始まった。

グレートヒェン、グレートヒェンの乱発は、メフィストの注文が届き、それを淡々と平らげても熄《や》まなかった。グレートヒェン、グレートヒェンと繰り返しながら、ビールを空け、酒を注《つ》ぐのである。

さすがに思い出させた張本人も困ったらしく、終始無言で師匠の酔態《すいたい》を観察していたが、ついに、

「人が泡と化す奇病が発生しております。お師匠の仕業《しわざ》ですな?」

訊く、というより詰問《きつもん》であった。酔っ払いの師匠どのも、むむむと後じさった。

「グレートヒェンだ、グレートヒェン」

「奥さまがおやりになりましたか。すると、三〇〇年ばかり前になりますが」

しくしくと肩を震わせていた史上最大の魔道士は、鼻をすすりながら涙を拭《ぬぐ》って、

「〝泡沫化現象〟はわしのせいではないぞ」

ぐすんとやらかし、

「あれは〈新宿〉にたまたま発生した疾病《しっぺい》じゃ。治療法はわしが考案した鎧――〝体内装甲〟しかない。そうだ、わしは人間世界を救う英雄なのだ」

「みながそう思ってくれればよろしいが」

師とは名ばかりという口調で、メフィストは冷たく、

「あの治療法とやらも大分《だいぶ》問題があります。少なくとも、装着する人間の意思に従うように変えたらいかがですか?」

「相手は、いまの人類が遭遇したこともない病だぞ。症状も治療法も人間のレベルを遥《はる》かに超えておる。なのに、治療法のみを人間の脳味噌《のうみそ》の働きに合わせてレベルダウンさせてどうなる? そんなことが分からぬわが弟子ではあるまい」

「しかし、あの治療法を無条件で行なっては、それも同じレベルの危険をもたらしますぞ。世界はやはり破滅します」

「ま、どちらにしても、この忌々《いまいま》しい世界には終止符が打たれるということだな」

「しかし、私は患者がいるかぎり、彼らを救わねばなりません。師匠の治療法に手を加えたいと存じます」

「好きにせい、できるものならば」

「お許しをいただきました。では」

立ち上がるメフィストへ、

「師への敬意を知らぬ弟子か――浮世の風にさらされすぎたな、メフィストよ」

「失礼いたします」

ファウストは片手拝《おが》みをして、

「ここの勘定《かんじょう》――頼むぞ」

「そうでした」

メフィストは身を屈《かが》めて、卓上の伝票を取り上げ、

「人類の滅亡を策すお方の言葉とは思えませんなた」

と言った。

「わしは何も知らーん」

「では」

一礼してメフィストは去った。

レジで支払いを済ませるのを確かめてから、ファウストは席に戻った。

ビールの入ったコップに焼酎を注《そそ》いで、

「近頃の弟子は、師匠をないがしろにしすぎる。憂《う》さ晴らしだ」

ちょうど通りかかった女店員へ、

「こら、酌《しゃく》をせんか?」

それが、さっき不埒《ふらち》な振る舞いに及んだ被害者だったものだから、

「助平爺い」

べーと舌を出して行ってしまった。

「このお」

爺いの眼が光った。

突然、店内に悲鳴と絶叫に包まれた。

今の女店員を除く全員が、客もスタッフも全裸になってしまったのである。

「しまった」

ファウストは頭を抱《かか》えた。

「相手を間違えてしまったわい。まあいいか」

「失礼します」

背後の衝立の向こうから、外人らしい訛《なま》りのある声がかかった。

「はん?」

「お邪魔」

とこちらへやって来たのは、精悍《せいかん》そうな若者と働き盛りと思《おぼ》しいスーツにネクタイ姿のリーマンふうである。若者は黒地に緑の斑《まだら》を載せたタートル・

シャツの上にダウンジャケットを着ている。店内は暑いくらいだから、おかしいといえばおかしい。

酔眼《すいがん》がじろりと二人を見て、

「そっちはアメリカ政府の役人か。そっちは魔道士だな。若いのになかなか遣《つか》うようじゃ。ストリップになっておらん。ま、わしの前では蛙《かえる》の子供だがな」

若者の顔に凶相《きようそう》が浮かんだが、すぐに消して、役人と言われたほうが、

「これは——さすがですな、ドクトル・ファウスト。大使館付きCIA局員のレックス・ハーパーと申します。こちらは、本日ヨハネスブルグから到着した、仰《おつしや》るとおり魔道士のアリフ・ベイ。お見知りおきください。ちなみに我々の会話は誰にも聞こえません。普通にお話しください」

何か魔術的な手を打ったらしいが、打たなくても聞こえっこない阿鼻叫喚《あびきようかん》の店内へ、ちらりと眼をやって、ファウストは、

「どうやってここへ来た？　尾《つ》けられないよう術をかけてあるはずだが」

「比較的簡単に外せたよ」

とアリフ・ベイが薄ら笑いを浮かべた。

「効果は凄《すご》いが術自体は古い。魔術系統を一から見直さないと、いざというとき後《おく》れを取る」

「やめないか」

ハーパーが止めた。こちらはファウストの実力を知悉《ちしつ》しているらしく、青ざめている。

2

「失礼しました、ドクトル・ファウスト——彼は目《もつ》下《か》、若手ナンバー1《ワン》の実力者なのですが、やや傲慢《ごうまん》の気《け》があります」

「若さゆえ若さゆえ」

とファウストは何度もうなずいて見せた。人生の辛酸《しんさん》を舐《な》め尽《つ》くしたような好々爺《こうこうや》然たる表情を、し

かし、アリフ・ベイは露骨《ろこつ》な嘲笑《ちょうしょう》で迎えた。

「この店にドクトル・ファウストがいらっしゃると適中させたのも彼です。私にはよき相談相手かつボディガードでして」

「で？」

とファウスト。そろそろ面倒臭くなったらしい。

「失礼ながら、先ほどのドクター・メフィストとの会話を聞かせていただきました」

「盗み聞きか、え？」

「結果的にはそうなりましたが、ご容赦《ようしゃ》願いたいと思います」

「幾《いく》らだ？」

「は？」

「盗聴料」

「は、大使館の規定内で」

「ふん」

「で、お願いですが――」

ハーパーが身を乗り出した。

「〝泡沫化現象〟を防ぐ体内装甲《インサイド・アーマー》――あの技術を我が国に譲っていただきたい」

「やれやれ」

ファウストは、禿頭を平手で叩《たた》いた。

「二一世紀に入って何年になる？　いまだこの星の上では国粋《こくすい》主義がのさばり返っておるか。若いの、黒い森を渡る風と、沼から湧き上がる七色の瘴気《しょうき》が恋しくはないか？」

「自分はブカレストの魔術学校で学んだ。そんな過去の遺物に思い入れなどない」

ベイは胸を張った。絵に描いたような傲慢ぶりである。

「それはそれは――ま、しっかりやれ」

「言われるまでもない。あなたがこしらえたという鎧も、すぐ同じものを作ってやる」

「それはそれは。では――な」

「待ってください」

ハーパーがあわてて止めた。その肩をベイの手が掴《つか》むと、彼は硬直した。

「老いぼれの時代は終わった。新しいアメリカの時代は、新しい魔道士が作る。放っておけ」

聞こえよがしの――明らかな挑発であったが、ファウストは黙然《もくねん》と座敷を下りた。

不意に店内の騒ぎが終息した。

客たちは元の衣服をまとっていたのである。

「ドクトル・ファウスト」

ハーパーが呻《うめ》いた。ベイに向かって、

「向こうが一枚上手《うわて》だな」

といった。精悍な若い顔は、屈辱と――怒りに歪《ゆが》んでいた。

「ドクトル・ファウスト」

と歯ぎしり混じりに呻いた。

「お返しはするぞ。おまえの愛弟子を討つことで」

座敷の前を別の女店員が通りかかった。ちらとこちらを見て、

「やだ！」

悲鳴に近い声を放って走り去った。

顔を見合わせ――突然、ハーパーが叫んだ。

「ベイ、おまえ⁉」

「ハーパーさん、あんたも⁉」

今まで気がつかなかったのも、大魔術師の呪《のろ》いか――居酒屋の賑《にぎ》やかな店内で、二人は一糸まとわぬ全裸をさらしているのだった。

師匠の治療法に手を加える――ドクター・メフィストの言葉は、しかし、実現を待たずして、別の症例に取って代わられた。
〈河田町《かわだちょう》〉その日、風増八郎《かざましはちろう》は風邪引きで会社を休んだ。〈区外〉ならまずどやされるくらいの微熱とくしゃみと寒気《さむけ》ではあったが、それがどう変化するか分からぬ〈新宿〉では、充分に欠勤の理由となり得たのである。抵抗力の弱った身体《からだ》に取り憑《つ》いたウイルスや悪霊《あくりょう》は、突如《とつじょ》、社内で彼を殺人鬼か妖《よう》

物《ぶつ》と変え、未曽有《みぞう》の大殺戮《だいさつりく》を敢行《かんこう》しかねないからだ。

念のため、妻と二人の子供は拳銃と麻痺銃を手にし、八郎は寝室のベッドに身を横たえていた。寝室のドアには外から鍵がかかっていた。

午後六時ジャスト。夕食を届けに行った妻は、ドアが破られているのを発見し、子供たちの下へと走った。破壊音など聞こえなかったのだ。

八郎は、居間で立ちすくんだ子供たちの足下《あしもと》に倒れていた。その顔は泡立ち、数百の泡が立ち昇るのを、誰も止めることができない——そのはずであった。

TVでは変身戦隊ものが放映中であった。ヒーロー五人の顔に、一斉《いっせい》にマスクが下りた。

八郎の顔にも。

否《いな》。表面の肉の造作《ぞうさく》が泡と化して消えるや、その下に銀色の仮面《マスク》が現われたのである。

「安心しろ」

と仮面は、すくみ上がった子供と妻にこう声をかけた。

「表面《おもて》の筋肉はなくなったが、こんなもの幾らでも合成できる。体内の〝泡沫化現象〟はこの鎧が食い止めてくれる」

「鎧って何よ？」

身を揉《も》んで叫ぶ妻へ、

「おれにも分からん。いつの間にか——」

こう答えて、彼はなおすくみ上がっている子供たちに近づき、

「いつまでパパを怖がっているんだ⁉」

と頭をこづいた。

簡単に潰《つぶ》れた。

驚いたふうもなくこちらを向き直った仮面へ、妻は、何をするのと絶叫しつつ、ベビー・ブローニングの引金《トリガー》を引いた。手の平に隠れるサイズだが、問題は弾丸《たま》である。弾頭部にセンサーを取りつけた二五口径弾は、八郎の胸と腹部にめり込むや、極微《ミクロ》信

管に電波信号を送って〇・一グラムの高性能炸薬《さくやく》を破裂させた。

変身した家族は家族に非《あら》ず――〈区民の歌〉の一節は、妻の骨まで食い込んでいる。

内側は銀色の装甲であった。

突然、それは赤色に転じ、表面から鋭く凶暴な突起を成長させた。

肉体表面部の四散は一瞬であった。

妻は、そこに立つ八郎の姿を見て、また絶叫を放ったが、途中でやめさせられた。

赤い鬼が〈河田町〉に出現の報は、〈メフィスト病院〉にも届いた。〈区民〉の家に洩《も》れなく設置された〈警察〉直通の緊急信号は、その一〇倍も早く〈メフィスト病院〉に届くのであった。

住宅街はすでに死の影に覆《おお》われていた。十数軒の家から上がるはずのない火の手が上がり、今また別の一軒から炎が噴き出したところであった。

ブロック塀《べい》をぶち抜いて、犯人が姿を現わした。

奇妙なことに、隣家の主人の姿を取り戻していた。

駆けつけた〈機動警官《コマンド・ポリス》〉に、彼はにっこりと、

「いらっしゃい」

と挨拶《あいさつ》したのである。右手には緑色の一〇〇円ライターを握っていた。

「三秒の猶予《ゆうよ》を与える。武器を捨て、手を上げて投降しろ――三《スリー》」

制服の肩につけた拡声装置から放たれる指示は住宅地を圧した。

「――二《ツー》」

八郎は右手を前方に伸ばし、ライターの点火装置に親指を当てた。

「一《ワン》――射《う》て！」

マグナム・ガンの一斉射撃が早かったか、炎が膨《ふく》れ上がるのが早かったか。

一〇〇円ライターの火球はその巨軀《きょく》をさらに肥大させて〈機動警官〉を押し包んだ。

警官隊の制服は、言うまでもなく、耐火耐熱耐寒耐衝撃仕様だ。致死量の放射能にも充分耐えられる。

炎は制服の強化繊維を焼き抜き、五〇分の一秒で肉体に達した。通行人が見守る中で、警官たちは燃え上がった。

パトカーのサイレンが近づいて来た。

大口径レーザー砲と携帯ミサイル・ランチャー、無人攻撃車を備えた新たな〈機動警官〉が包囲を完了したとき、八郎は、きょとんと宙の一点を眺めていた。

服は焼けて全裸の姿をさらしていたが、身体には傷ひとつなかった。

同じ日の同じ頃、〈歌舞伎町〉のストリップ劇場「ホーリイ・ライン」で裸体をさらしていた踊り子のまなみは、そろそろ潮《しお》どきかとの考えが頭の中に明滅《めいめつ》して熄まなかった。

詰めれば二〇〇人収容可能な劇場に、客は正確に一一人と数えられた。しかも、さっき口喧嘩《くちげんか》したばかりの照明係の斉田《さいた》は、わざとタイミングをずらして三原色の光を放って来る。

腹も立たなかった。三十半《なか》ばを過ぎたストリッパーに欲情する客は殆《ほとん》どいない。一一人——手を合わせて拝みたい気分にはならないが、まあマシかなと思っていた。半ば諦観《ていかん》だ。少なくとも、垂れ気味の乳房や剝《む》き出しすれすれの局部に熱い視線は感じられる。

いきなり声がとんで来た。それはひどい痛みを与えた。

「やめちまえ、糞婆《くそばば》あ」

打撃は強烈だが、やめるわけにはいかない。踊りを中断して食ってかかるほどの若さはなかった。

まなみへの口撃はさらに続いた。

「年齢を考えろ。ついでに客の迷惑もよお」

「こっちは金払ってんだぞ、金を」

「おめえのあそこ、おれが頭を突っ込めるんじゃねえか？」

口調からして酒が入っている。

さすがに他の客が、たしなめると、

「何だ、この野郎」

と殴《なぐ》りかかった。ついに、

「おやめよ、このアル中！」

まなみは舞台シューズを脱ぐや、男に叩きつけた。見事に横《よこ》っ面《つら》に命中した。

「この野郎」

男は座席を乗り越えて舞台へと向かって来た。

まなみも肝《きも》が据《す》わった。残ったシューズを片手に待ち受ける。舞台の袖《そで》で足音とスタッフの声が入り乱れた。

「あン？」

思わず声が出た。

全身から感覚が失われた。重力も消えた。雲の上にいる浮遊感だけが残った。


酔漢《すいかん》が舞台に駆け上がった。五十前後と思しい。みすぼらしい服装からしてホームレスに違いない。

「わっ⁉」

とそいつは叫んで後じさった。後じさりすぎて舞台から落ちた。

左右からスタッフの足音が走り寄って来た。

まなみさん⁉——怒鳴《どな》りつけられたような気がした。

「近づくな、〝泡沫化現象〟だ！」

「え？」

「武器を持って来い。感染を防ぐんだ。射ち殺してしまえ！」

まなみは両手で顔に触った。指がめり込み——絶望が胸を塞《ふさ》ぐ。

いや、指先が硬質な接触感を伝えて来た。

皮膚と肉との間で何かが蠢《うごめ》き、広がっていく。

苦痛はない。だが、この体内感覚は異常だった。怯《おび》えが大胆に胸を食《は》んでいく。

突然、浮游感覚は消滅した。体内のエネルギー・ポテンシャルと流動が、はっきりと感じられた。
硬い物質が身体の内側を覆っている。それが――

「〝泡沫化〟が止まったぞ」

「何だ、内側のマスクは?」

「おい――肉がまたくっついていくぞ」

「凄《すげ》え」

スタッフが立ちすくんでいる。この劇場で一〇年以上、まなみとともに過ごしてきた人々だ。

まなみは右へ手をのばして、劇場主の喉《のど》を掴んだ。

「な――何をする!?」

「射ち殺せって言わなかった?」

「いや、あれは勢いで」

「どんな勢いよ?」

右手を思いきりふった。十数年、この劇場主には散々《さんざん》な目に遭《あ》わされてきた。初対面で全身を撫で廻され、下司《げす》な言葉をかけられた。犯されたのは、三日目の舞台稽古《げいこ》を終えてからだった。

右手にはその怨《うら》みがこもっていた。

劇場主はロケットのように場内を縦断し、背後のコンクリート壁《へき》に頭から激突した。腰までが潰れ、血肉塊《ちにくかい》となって壁に広がった。腰から下は壁から生《は》えているように見えたが、じきべりべりと剝《は》がれて床に落ちた。

いつもの自分ではないと分かっていた。後から後から怨みが湧出《ゆうしゅつ》してくる。

まなみはふり向いた。後じさるスタッフの中に照明係が交じっていた。

そいつは背を向けて走り出した。

まなみは床を蹴《け》った。そいつの頭上を越えて、二メートルも先に着地するのは造作《ぞうさ》もなかった。

そいつは全身で制動をかけたが間に合わず、まなみにぶつかった。

「気安く触れるんじゃないわよ」

髪の毛を掴んでねじり倒すのは簡単だった。九〇キロはある身体が、まるで張りぼてだった。

「いい仕事してくれたわね」

笑いかけると、

「おれは何も」

と返してきた。

「あーら、そ」

人さし指を左の眼に突き入れた。

照明係の悲鳴が劇場中に響き渡った。両手でまなみの腕を摑み、足踏みも行なう。逃げるのではない。痛みを忘れるためだ。

かまわず右眼にも入れた。

「何色が見える？」

答える代わりに、照明係は足踏みを続けた。まなみは両手を引いた。指は貫《つらぬ》いた眼球と視神経の糸を引きながら出て来た。

「もうひと暴れ」

宣言して周囲を見廻すと、もう誰もいなかった。

急に胸中のたぎりが消えた。

五分後、〈機動警官〉が駆けつけたときには、まなみはヌードの上からカーディガンを引っかけ、楽屋でストーブにあたっていた。

3

翌日の正午過ぎ、メフィストは往診に向かった。

白いリムジンは〈新宿通り〉から〈外苑東通り〉《がいえんひがし》を右へ折れて、〈大京町〉《だいきょうちょう》〈須賀町〉《すがちょう》〈信濃町〉《しなのまち》一帯を廻る予定であった。

「〈西通り〉へ入って、〈国立競技場〉へ」

とメフィストは指示した。〈病院〉を出てすぐである。

晴れ渡った空に、ちぎれ雲が幾つか浮かんでいる。何事もなく、リムジンは荒廃《こうはい》を極《きわ》める巨大な建物の正門玄関前に停《と》まった。

収容人員七万人を誇る大競技場は、〈魔震《デビル・クエイク》〉によって徹底的に破壊され、あまりの無惨《むざん》さに内部周辺の怪異も加わって、何次かの再建計画も頓挫《とんざ》、今も〈外苑の森〉に荒涼凄惨《こうりょうせいさん》の姿をさらしていた。

今日も敷地内は、晴天の陽光を呪うかのように光がくすみ、歪曲《わいきょく》し、照射面には影が、陰の部分は鈍《にぶ》くかがやくという、正《まさ》に反自然的な様相を呈していた。森というより密林《ジャングル》というほうが正確な〈外苑の森〉は、〈魔震〉以前には想像もしなかった忌《い》まわしい植物相がはびこり出して、ねじくれた巨木が、狂気の手を差しのべるかのように大枝を広げ、太い根が蛇行《だこう》して、人間、乗用車はもとより、キャタピラー付きの装甲車、戦車だとて、通行は容易ではない。

〝外苑の森に鴉《からす》〟というのは戦前の話で、〈区外〉の開発によってその姿は見られなくなったが、〈魔震〉以後、急速な復活を見せた。

ただし、誰もが知る黒い鳥ではない。

今、敷地内をとび狂い、生物学的にあり得ない急上昇や急降下、旋回《せんかい》運動を繰り返して、狂乱としか言いようのない飛行ぶりを見せているのは、眼は血走り、嘴《くちばし》はツルハシのように尖《とが》って、内側の歯は牙《きば》の列、鉄のような鉤爪《かぎづめ》は、運悪く迷い込んだ人間も妖物も瞬時に引き裂いてしまう凶鳥《きょうちょう》だ。

その声は一キロ四方に届き、近隣の家の子供たちが怯え、精神的変調を来《きた》すせいで、防音設備が欠かせないという。

何もかも狂った一角だ、ここは。

それが、正常に戻った。

白い医師が姿を見せた途端、狂った羽搏《はばた》きも狂声もぴたりと熄んだ。奇蹟《きせき》の一瞬であった。

空を舞う黒影が次々に大枝へ降下し、或《ある》いは地上へ下りる。王の来訪に気がついた臣下《しんか》のごとく。

敷地を囲むバリケードは、〈魔震〉以降、人間その他の手によって切り裂かれ、無用の存在と化している。メフィストはその一カ所を抜けた。

前方の競技場は、ひどく歪んで見えた。全体が南へ一二度ほど傾いているのが、〈魔震〉の名残《なごり》であった。

　無論、壁面にはおびただしい亀裂が走り、一部は崩れ落ちて、それを撤去《てっきょ》する者もなく、周囲の光景は凄惨荒涼を極めていた。

　寸前まで、敷地には巨大なゴカイや大爪のザリガニ、千本触手《しょくしゅ》の塊《かたまり》など、異様な生物どもが蠢いていたのだ。それが、今は影も形もない。生あるものが消えた分、鉄筋の建物の空《むな》しさ、孤独は凄惨といえた。

　正面入口から入ったメフィストを、屋内の気配が迎えた。

　あちこちに転がる白いものは骨だ。人骨も得体《えたい》の知れぬ骨もある。

　さっきまで、ここでは、
　カリカリ
　カリカリ
　音が絶えなかったのだ。

　骨にはすべて爪跡、牙の跡が残っている。そうしていたのだ。

　今は静寂のみ。

　おびただしい光点が、通路を行くメフィストを見つめている。

　恍惚《こうこつ》と。

　メフィストはスタッフ専用出入口から外へ出た。

〈新宿〉に、広さを感じさせる場所はそう多くはないが、ここはその最たるところであった。

　かつて——短距離・中距離走の選手が眦《まなじり》を決して走り、棒高跳びが鳥のように宙に舞い、サッカー・ボールと蹴り足が交差し、何よりも、マラソンの勝者がテープを切った場所。栄光の〈国立競技場〉のフィールドであった。

　今、一万平方メートルを超えるそこは、たったひとつの影に占拠《せんきょ》されていた。

　広大な楕円《だえん》の中央に立つ青いダウン姿が、メフィストを見るや、精悍な顔立ちに嘲笑とも取れる薄笑いを刷《は》いた。

おまえは分かっているのか？

そこに立つのは、ドクター・メフィストだと。

〈新宿〉は別名〈魔界都市〉――その形容を他に許されたただひとりの人物だと。

〈魔界医師〉メフィスト。

コート姿の男――アリフ・ベイは、メフィストから眼をそらして頭上を見上げた。

「いい天気だな、ドクター」

と言った。

返事はない。彼は続けた。

「死ぬのにふさわしい天気じゃないぜ。いや、そうでもないか」

それでも無言の相手に、はじめていら立ちを表情と声に乗せて、

「さすがは〈魔界医師〉だな。チンピラ魔道士は相手にできねえってか？」

「君が死んでいないと誰が言える？」

闇に突然生じた明かりのようなメフィストの声であった。

「私の眼には君の影が見えぬが」

「あんたが死んでないと、誰が言えるんだい？　おれにゃ姿も見えねえよ」

「死を招く理由を聞こう」

「ドクトル・ファウスト――あんたの大師匠だそうだな。昨夜、あんたが帰ってから、呑み屋で同席したんだ」

メフィストが軽く眼を閉じた。状況を想像して、呆《あき》れ返ったのかもしれない。

「細かい話は省《はぶ》く。要するに、おれたちが、あの禿頭と組むのに、あんたは邪魔なのさ」

「それで？」

メフィストが訊いた。

突然、ベイは黙った。

沈黙が続いた。

フィールドを、風が吹き抜けた。鴉はとばず、音もない。やがて――呻くようにアリフ・ベイが訊い

た。

「死の世界とはここか、メフィストよ？」

「そうだ。君が生きている限り」

虚空《こくう》を光が貫いた。

天空から直下した雷撃は、アリフ・ベイの頭頂に突き刺さるや、その全身を青い光芒《こうぼう》で彩《いろど》った。

「不意討ちかよ」

光の中でベイは笑った。

「効《き》くなあ、確かに。巨人どもを倒したゼウスの雷《いかずち》か。なら、これはどうだ？」

メフィストの頭上に三〇センチほどの真円が生じた。星々のかがやきは、人間の観測可能距離を遥かに超える千億光年も彼方《かなた》のものであった。

フィールドの四方から、凄《すさ》まじい風が吹き上がった。風は真円の空間——大宇宙へと吸い込まれていくのだった。

「宇宙とつないでみた。旅立ちの記念におれからの挨拶だ。さらば〈魔界医師〉」


メフィストの姿はすでになかった。

風が熄んだ。

無人のフィールドが、静かに広がっているばかりだった。

「他愛《たわい》もねえ。五千億光年の彼方から、どうやって戻る、メフィストよ？　帰って来た頃にゃ、みんな片がついてるぜ」

ベイはダウンの前を合わせ、いちばん近い出入口の方へ歩き出した。

数歩で止まった。

声が聞こえたのだ。

「帰省させてもらおう」

ベイは愕然《がくぜん》と四方を見廻した。

「何処《どこ》にいる、メフィスト？」

彼は魔法眼をこらし、魔法耳を澄まして索敵《さくてき》に努めた。

誰もいない。

一万平方メートルのフィールドに、彼はひとりだった。

　これまで感じたこともない恐怖が、この驕慢《きようまん》な若者を捉《とら》えた。

　吹きつけて来た風にあおられたように、彼はフィールドから走り去った。

　敷地を出た刹那《せつな》、凄まじい黒い羽搏きが四方を埋めた。

　巨木の大枝に止まっていた鴉たちが一斉にとび上がったのだ。のみならず、彼らはベイ目がけて襲いかかって来た。四方から三つ首の巨犬や大爪の巨大ザリガニが這い寄って来る。

「屑《くず》どもが」

　悪罵《あくば》とともにベイは呪文を発した。

　襲いかかって来た鴉も妖物も、突如生じた見たこともない壁に跳《は》ね返され、反転し、立ち直って、ふたたび押し寄せた。

　舌打ちして歩き出したベイの耳に、

「〈新宿〉に、君用の出口はないぞ」

と聞こえた。

「何処だ!?」

　ベイは天を仰《あお》いだ。こう続けた。

「最初から地獄へ送るべきだったか、ドクター・メフィスト。天とは過《あやま》ちだった」

　言い知れぬ恐怖が体内で膨れ上がった。

　敵はベイの魔法的五感も及ばぬ場所で、彼を見つめているのだった。

　はっきりと恐怖の声を放って、ベイは走り出した。

　数分後、〈絵画館〉前を通りかかったカップルが、地に伏したベイを見下ろした。

「死んでる?」

と娘が訊いた。

「いや。でも、面倒だ。行ってしまおう」

「何言ってんの。駄目よ、助けなくちゃ」

　顔を見合わせた意見の合わぬ二人は、〈メフィスト病院〉を退院したばかりのしげるとマチであった。

Part3　変身と変心

1

その日の早朝から、〝泡沫化現象《ほうまつ》〟の患者が次々と〈メフィスト病院〉を賑《にぎ》わした。

正確には、〝泡になりかけて止まった患者〟と言うべきであろう。

泡化《ほうか》が現われれば、一〇秒以内に人体は消滅する。それが数秒のうちに止まり、この時点で患者は体内に存在するはずもない装甲《アーマー》の実在を感覚し、さらに数分で元の身体《からだ》に戻る。

ここで〈病院〉を訪れるか、放置するかが分かれるのだ。患者のみならず、付き添う者たちの生と死も。

真っ先に訪問したのは、〈歌舞伎町〉の風俗店に勤める娘であった。

一八歳だが、年齢制限の仕事は〈新宿〉にはない。しなやかなボディの上に乗った顔は、まだあどけなさと、遣《や》り手《て》に欠かせぬ意志の強さを留《とど》めていた。

徹底的な検査を受けてから、娘――信田《しのだ》かおりはメフィストから異常なしの診断を下された。

「嘘《うそ》。信じられないわ。確かに身体の中に何かあったのよ。こう――私の身体を内側から取り囲むみたいに動いてたわ。指の一本一本までよ。あの不気味な感じ。ああ、やだ。もう二度と罹患《りかん》しないかしらね、メフィスト先生？」

尋《たず》ねる声は、しっかりとしている。〈新宿〉の店には、ありとあらゆる類《たぐい》の客たちが現われる。それは人間とは限らない。

海の彼方《かなた》で撮影に励《はげ》んでいるハリウッドの大スターや、絶世の美女の顔と姿体《したい》を備えて出現すれば、どんなに意志強固な風俗嬢でも呆然自失《ぼうぜんじしつ》たらざるを得ない。その心の隙間《すきま》に入り込んで、金品や肉体を奪われるだけならまだしも、美しい妖物《ようぶつ》の体内に吸収され、永遠に消滅する娘たちも枚挙《まいきょ》に暇《いとま》がないのだ。

それを防ぐため、彼女たちは偏光グラスをかけ、眼球に細工を行なう。水晶体内に移植したイメージ像を、そこを通過する人物の頭部に重ねてしまうのだ。

今、かおりの眼の中で、ドクター・メフィストは、白いケープをまとった冴《さ》えない中年男に過ぎなかった。

それが、世の辛酸《しんさん》を舐《な》め尽《つ》くしたはずの娘を大胆にさせた。

熱い生腕《なまうで》を伸ばして、彼の手首を摑《つか》んだのだ。

「先生——何とかしてよ、お店に来たら目一杯サービスするからさあ」

「特別な処置はできん」

「そんなこと言って——自分が能なしだと分かってるんじゃないの。ねえ。さっさと治してよ、あたしは今晩だって稼《かせ》がなきゃならないんだからあ」

「困った患者だ」

「そうよ。もっと困らせてやろうかしら」

色っぽく笑って、白い手を胸《むな》もとへ導《みちび》いた。

「あら？」

と眉《まゆ》を寄せたのは、自慢の乳房にある違和感を感じたからだ。

「失礼」

メフィストはすげなく手を抜くと、

「次の方」

とインターフォンに告げた。

七〇過ぎの老婆《ろうば》と入れ違いに、

「なーによ、ドクター・メフィストって、ただの藪《やぶ》医者《いしゃ》じゃん」

と悪態をついた瞬間、またも奇妙な違和感を感じて、ブラウスの上から胸の膨《ふく》らみに手を当てた。

その眼が大きく剝《む》き出され、血の気《け》が音を立てて引いた。

「ない——ないわ。そんな——」

ブラウスの膨らみは潰《つぶ》れ、内側《なか》に手を差し入れても、胸は扁平《へんぺい》なままである。豊かな女の証《あかし》は跡形もなく消えていたのであった。

だが、娘はそれ以上、泣き喚《わめ》くことはできなかった。その眼の中で、平凡な中年男は世にも美しい白い医師と化していた。


結論として、患者たちは異常なしであった。

いくらおかしなものが体内に形成されていると訴えても、実体が影も形もなく、原子レベルの細胞異常も遺伝子の障害もなければ、何より肉体が現在、健全な状態であれば、いかに患者が訴えても、

「異常なし」

と診断せざるを得ない。あとできるのは、

「異常が起こってから来なさい」

とつけ加えることだけだ。

患者たちの検査を終えて、メフィストは青い光の満ちる院長室へと戻った。

黒檀《こくたん》のデスクの前に、禿頭《とくとう》の老人がかけていた。


「何の悪ふざけですかな、ドクトル・ファウスト？」

「いや、いかにファウスト学校最高首席のおまえといえど、今度という今度は匙《さじ》を投げざるを得まいと、激励に来たのだ」

「嫌がらせではありませんか？」

「ケケケ、とんでもない」

「〝泡沫化現象〟があなたの手によるものではないと、証明していただけませんか？」

「証明できなかったら、わしを殺すか？　恩師たるわしを？　麗《うるわ》しき師弟関係も地に堕《お》ちたな」

「師弟関係はありましたが、麗しいかどうか」

「ぬけぬけとぬかすの、この」

「先生には昔から、世界破壊願望がおありになる。実現したいお歳《とし》になられましたかな」

「何を言うか、わしはそれを止めるべく闘《たたか》っておるのだ。〝泡化病〟はわしのせいではないが、〝体内装甲《インサイド・アーマー》〟はわしの力だぞ」

「それはそれは。しかし、あの鎧は完璧なのでしょうか?」

「異常が発見されたかの? わしは人助けをしたのだぞ、人助けを」

「他に手があったような気もいたしますが」

老人の笑顔が消えた。

「それは聞き捨てならんぞ、我が愛弟子よ」

彼はカラーのついた上着のポケットに右手を入れると、ごついウイスキーの瓶を取り出した。どう考えてもポケットから出て来る――否、その前に入りっこないサイズの代物だ。

ガラスの栓を咥えて抜き、中身をラッパ飲みに喉を鳴らした。

「ふう」

と手の甲で口元を拭い、

「では」

蛸のように突き出した唇から、しゅうという散布音と琥珀色の霧が噴出した。

霧は渦巻き、流れ、反転し、みるみる部屋中のものを視界から追いやった。

"丸ごと万物霧包み"の法だ。おまえには解決法を教えておいたはずだぞ、メフィストよ」

「確かに」

返事は冷たく遠い。

「では」

挑戦の辞とともに院長室は消えた。

そこには虚無だけがあった。宇宙の開闢と等しく。

「そこから逃げて、部屋を復活させよ、我が愛弟子」

方角すらも分からない、虚無の中の声であった。

「よくご覧ください、先生」

メフィストの声と同時に、院長室は戻った。

だが、デスクの前にかけたメフィストは、不快げにこめかみを揉んで、

「はて、今日私はずっとここにいた。なのに、そう

ではなかったような気がする」

誰かが記憶操作を行なったのだ。ドクター・メフィスト――〈魔界医師〉の。

それから、メフィストは部屋の奥へと向かった。彼自身、図書室と呼ぶべきか、書斎と呼ぶべきかわかっていない書架の国である。

程なく、彼は数冊の本を抱《かか》えて戻って来た。本はすべて青銅の表紙であり、錆《さび》を吹く鎖《くさり》と古風な錠《じよう》前《まえ》がついていた。

ケープの内側から鍵束《かぎたば》を取り出し、メフィストはその錠前を外《はず》しはじめた。

一冊目の頁《ページ》を開き、彼は美しい眉宇《びう》を寄せた。それを置いて次の本を開いた。

「ほう」

と口を衝《つ》いた。

三冊目、四冊目――最後の五冊目で、彼はある事態の発生を認めざるを得なかった。

「内容が変わっている。しかし、前後の脈絡《みやくらく》は符《ふ》合《ごう》する。やらかしましたな、ドクトル・ファウスト」

本を書架に戻してから、院長室を出た。

人間の感覚で二〇分後、彼は元〈自衛隊・市谷《いちがや》駐屯地《ちゆうとんち》〉の広大な敷地の前に立っていた。〈魔震《デビル・クエイク》〉以降、〈区〉の管理を経《へ》て、一〇名近い人物の手に渡り、今は――


「ようこそ、ドクター・メフィスト――しかし、どういう風の吹き廻《まわ》しだね？」

こう尋ねたのは、黄金と鏡をふんだんに使った王宮ともいうべきホールへ、みずからメフィストを迎えに来た人物であった。

「タイコンデロガ伯爵」

メフィストの軽い会釈《えしやく》に、こう呼ばれたオーナーは、絢爛《けんらん》たる紫のガウンに乗った端整《たんせい》な美貌《びぼう》をほころばせた。

美しさではレベルが違うが、人間臭さではこちらが上と思われた。もっとも、白い院長が人間かどうかは、意見の分かれるところだろう。

「あなたが私ごとき田舎《いなか》貴族の下《もと》を訪れることは、あなたご自身が言明《げんめい》されたように、あり得んものと思っていたがね」

「『タイコンデロガ不可能博物館』は今も営業を続けているな？」

　メフィストは唯我独尊《ゆいがどくそん》を押し通した。

「見てのとおりだ。ツイッターやらSNSを通していないためか、来館者の人数は少ないが、何とかな」

「ひとつ展示物を見せてもらいたい」

「ほお。それは？」

「〝体内装甲〟だ」

「あれか」

　伯爵の薄い唇が笑いの形を取った。

「しかし、特別厄介《やっかい》なものをリクエストに来たな。君の恩師に頼んだほうが手っ取り早いのではないかね？　確か〝泡沫化現象〟の対抗策のひとつとして研究を続けていたはずだ」

「問題は〝体内装甲〟ではないぞ、伯爵」

「わかっている。だが、〝泡沫化現象〟は人類誕生のときから付き纏《まと》う悲劇だ。そのため数多くの勇士や魔道士が生命《いのち》を捨ててきた。ここ七、八千年、発症例がないから、とうに絶滅したものと思い込んでいたが」

「ニュースくらい見たらどうだね？　すでに一〇〇人を超す発症例が確認されている。人類誕生以前なら――」

「ざっと一億近い種が泡と化している。人間の誰もが知らぬ間にな。そのお蔭《かげ》で人類はこの星の覇者となることができたのだ。そして、〝泡沫化〟という宿痾《しゅくあ》は今、人類のみを狙《ねら》っている」

　語る内容は人類の運命に関する凄《すさ》まじいものだが、淡々とした口調は、さしたる興味を有してはいないことを示していた。発言者はメフィストに変わった。

「ところで――〝泡沫化現象〟は人間が造り出したものでない、というのが定説だった。人間界でも闇の世界でもな」

「…………」

「それをあっさり破ったのは、我が師のようだ」

「おい」

伯爵の眼が異様な光を帯びた。

「ドクトル・ファウストが――まさか」

「〝神秘数学〟を使って師の寿命を測《はか》ったことがある。それによれば、生誕は地球の誕生とほぼ同時だ」

「……まだこの星の生命は何ひとつ生まれていない時に」

タイコンデロガ伯爵は、嚙《か》みしめるように言った。

「ドクター・メフィストよ――すると、彼は〝神〟に等しいのではないか?」

「左様《さよう》」

メフィストはその問いを待っていたかのように力強く言った。

「ところが、神という奴は気まぐれだ。大洪水を起こして人類を一掃《いっそう》したかと思うと、巨大な舟にお気に入りの一家と動物とを収容した。それ以前にも恐竜という種を生み出し、興味がなくなると、巨大隕《いん》石《せき》を直撃させ、その結果生じた飢《う》えと寒さで死滅させてしまった。アウストラロピテクス・アファレンシスを生み出したのは、新しい生命の創造のつもりであったろう。だが、新しいものは、生み出された時点で古くなる。さらに新しいアウストラロピテクス・アフリカヌスを作り出したのは五〇〇〇年と離れていない時期だ。今回の件を想起させたのは、伯爵よ、ミッシング・リンクの誕生と滅亡だ。アウストラロピテクスへと進化するために必要不可欠な、しかし、ついにその存在を証明する遺物《いぶつ》が発見されていない存在は、すべて〝神〟が創造し、面白半分に失わせたものよ。後世の人間のとまどいを生み出すために」

「そうだ」

と伯爵は呻《うめ》いた。

「そうだとも。――ドクター・メフィストよ、来るがいい」

彼は身を翻《ひるがえ》して、何本もある通路のひとつに踏み込んだ。

2

「これだ」

二人は広い部屋にいた。果ても見えぬ広大な床の上に据《す》えられた化石や彫像の周囲には確かに人影が見えていたが、どれも細かい部分は影のように暗く、見定めることはできなかった。

タイコンデロガ伯爵がこれだと言ったものを、メフィストは見上げた。体長三メートルを超す猿人の化石であった。しかし、その上半身は泡と化し、顔など存在しない。両手は苦悶《くもん》の癒《い》やしを得るためか、天空に伸ばされていた。

「はじめての〝泡沫化〟は、北アフリカ、今のチュニジアで生じた。これで、ミッシング・リンクは完全に消滅した――次だ」

二人が次の像で止まるまで、どれくらい歩いたかはわからない。

「これだ」

と伯爵が重々しく告げ、

「これだな」

とメフィストが、うなずいた。

その石像はやや腰を落とし、右手を顎《あご》の下、左手を胸前に置いていた。

武道の心得《こころえ》がある者なら、実戦の構えと断言するだろう。

何に挑《いど》もうとしているのかは、白い医師にとって、どうでもいいことだった。

誰が彫ったのかもわからない。像の足下《あしもと》に置かれたカードには、「発見国不明　制作年代は百万年前」とあった。

像の表面はかなりの部分が剝離《はくり》し、内側が覗《のぞ》いていた。メフィストが眼を注《そそ》いでいるのは、その部分であった。

外部に露出しているのは、筋肉でも骨格でもなかった。それらをカバーする金属製の装甲であった。

顔面は眼の部分が薄い板状のシールドで覆《おお》われ、眼も鼻も口も塞《ふさ》がれている。四肢《しし》をカバーする金属は、関節部に継《つ》ぎ目がなく、そのくせ皺《しわ》ひとつ寄っていない。金属に見えて別の物質なのかもしれなかった。

「調べてみたかね？」

「ほんの数秒」

伯爵の返事は白い医師に興味を抱《いだ》かせたようだ。

「で？」

「調査を始めてすぐに動きはじめた」

「ほお。電流を通したか？」

「そのとおりだ。五〇〇〇ボルトを二秒流しただけで、心臓が動き出した」

石である。

それが動いたのは当然のことなのか、メフィストも口にした伯爵も平然たるものだ。

「――すると」

続けようとする伯爵を制して、

「試してみたいが」

とメフィストは申し出た。

「ここでか？」

さすがに、伯爵はやや動揺のふうである。

「外で、というわけにはいくまい」

「補償は？」

「安心したまえ」

「承知した」

伯爵は顔を上げ、宙に向かって、

「復活電流五〇〇〇ボルト、二秒間流せ」

「了解しました」

女の声が生じた。顔も声に準じるならば、傾国《けいこく》の美女に違いない。

「うちと同じだな」

メフィストの言葉に、伯爵は苦笑した。真似《まね》したらしい。

「流します」

声にやや遅れて、青白い光がひとすじ、空中から、石の像の頭頂に吸い込まれた。

石像が震えたのは、確かに二秒後であった。

照明が点滅を繰り返す。光と闇の交錯《こうさく》の中で、白い医師の姿は妖《あや》しくかがやいた。

「何だ?」

タイコンデロガ伯爵が眉をひそめた。

石像の正面五メートルほどの空間に、煙とも塵《ちり》ともつかぬものが形を整えつつあった。ひとつではない。一〇を超える。

五芒《ごぼう》形の頭部を持つ灰色の立像、髪の毛で出来ているような生物、無数の虹色の球体を出鱈目《でたらめ》にくっつけた代物、そのくせ、衣裳《いしょう》をまとった布袋《ほてい》のような奴《やつ》までいる。ただし、全身に嵌《は》め込まれた眼球が、せわしなく四方を睥睨《へいげい》中だ。

「〈新宿〉の妖物、悪霊《あくりょう》が形を取ったな」

とメフィストが言った。

「どれにも見覚えはあるが、まとめて見るのは初めてだ」

「凶悪凶暴なのが集まったな」

伯爵が感心したように言った。

「装甲が始動したと気がついたか」

「いや」

とメフィスト。

「装甲が彼らを呼んだのだ」

「——何のために?」

返事は、形を整えた異形《いぎょう》がした。

虹色の球体が突如《とつじょ》、連結を失い、石像の方へと流れ出したのだ。それこそ、泡——というよりシャボン玉のように、それらは石像に貼りついた。岩が溶けはじめた。蒸気が上がらないところを見ると、熱による溶融《ようゆう》ではなかった。

髪の毛が水の中を漂《ただよ》うように伸びて来た。球体に触《ふ》れたものはたちまち溶け崩《くず》れたが、石像まで辿《たど》り着いたすじは、軟体物に食い込む刃《やいば》のように石像を切り裂いていった。

石像は震え続けていた。苦悶《くもん》か怒りか、百万年前の地球に、石化した人体もろとも封じられたそれは、いま反撃の自由を求めて稼働《かどう》しているように見えた。

伯爵と白い医師の身体が霞《かす》んだ。猛烈な振動が彼らを呑《の》み込んだのだ。

「ほう、分子が揺れている」

メフィストの眼前で、石像は朧《おぼろ》に霞んだ。

ふっと消滅し、すぐに現われた。その方面に髪の毛と球体はなかった。

青白い靄《もや》が頭上から舞い下りて、石像の全身を包んだ。〝憑《ひょう》依《い》霊《れい》〟である。憑《つ》かれた人間は、様々な凶行に及び、やがて滅びの日を迎える。

それも石像とともに霞んだ。消滅。そして石像のみが復活した。

「霊的浄化も兼ねているらしいな」

メフィストの言葉に、

「至れり尽くせりですな」

と伯爵が同意した。

残る異形も振動は襲った。

そいつらも人智を超えた戦闘能力の持ち主であろうに、後退の一歩を辿ることもなく、その場で分解された。

振動は熄《や》まなかった。

部屋中を駆け巡《めぐ》り、二つの生命体へもとどめを刺そうとする。

白い医師が前へ出た。

四方から振動波が牙《きば》を剝く。

ケープが夢のように翻った。

美しいものを砕くことに、振動は罪を感じたのかもしれない。ケープに弾《はじ》き返されたそれに、万物を塵と化す力は失われていた。

教室へ向かう教授のような足取りで、石像に近づくや、メフィストは右手を、像の心臓に置いた。

一秒とかからず、石像は元の不動を取り戻した。

「さすが、ドクター・メフィスト」

タイコンデロガ伯爵は感嘆を惜しまなかった。

「いや、お見事だ。私が反撃したら丸一日要したかもしれん。しかし、この像は——いや、装甲は意志を持っているのだろうか？」

「そのとおりだ」

とメフィストは静かに断言した。

「しかも、地上のいかなる存在にも負けぬ、破壊への意思をな」

「…………」

「妖物を集め、攻撃させた後、滅ぼしてみせたのが、その証拠だ。我々を灰と変えたら、世界にはびこるつもりだったろう」

「信じられんが——事実だな」

伯爵が淡々と同意した。

「しかし、だとすると、ドクター・メフィスト、少々厄介なことになるぞ、数千万年前の石像に仕込まれた装甲が途方もない力を持って、邪悪な意図のままにそれをふるおうとしている。それが一〇〇人も集まったら——〈新宿〉は、いや、世界はどうなる？」

「さて、ね」

とメフィストは笑った。確かにうすく笑ったのだ。

「〃泡沫化現象〃はこれからも拡散するだろう。彼らを食い止めねば世界の命運ははなはだ危険なものとなる——伯爵よ、あなたにいい知恵が浮かんだとしよう。あなたは患者を阻止するや否や？」

沈黙が返って来た。

伯爵は虚空《こくう》の一点に眼を据えて、自身が石の像と化したように見えた。

「タイコンデロガ不可能博物館」――開館は三年前というが、確かめた者はない。館長の姿を見たという者はいるが、本物かどうかはわからない。メフィストの前に立つ紫のガウンの男は、本当に当人なのだろうか。だからこそ、彼は〈新宿〉に迎え入れられたのかもしれない。

彼は言った。

「いいや――あなたは？」

そして、白い医師を見つめた。

答えは？

メフィストの笑みが深くなった。


「こりゃ、危《やば》いな」

としげるが断定的につぶやくのを、隣のダイニング・キッチンで聞いてたマチが、

「勝手に決めるな」

と怒った。

「人間《ひと》の生命を簡単に云々《うんぬん》するんじゃないわよ。大事にしてりゃ一〇〇年だって保《も》つんだからね」

「そりゃそうだけどよ。呼吸も浅いし、血圧も二〇を割ってるぜ」

家庭用簡易医療検診キットのデジタル表示を見ながら、しげるは頰《ほお》を搔《か》いた。

マチは、油の中でじゅうじゅうやってたパンの耳を、皿の上に上げてひとつかじり、オッケとうなずいた。

それを手に寝室へ押しかけて、

「ほれ」

としげるに押しやり、簡易キットを覗いた。

「あ、駄目だ」

「おい」

「この数値じゃ長いことないわね。でも、外傷はなさそうだし、内臓も正常――何で死ぬの？」

「精神的なモンだろ」

熱いパンの耳をぼりぼりやりながら答えた。

「何でこんなタイプが精神的なダメージを受けるのよ？　必要とあれば自分の子供だって食べちまいそうな面構《つらがま》えしてるわよ」

「そういえばそうだな。しかし――死にかけてるぞ。病院へ連れてこうや」

「そうね――ひと晩で何とかなるかと思ったけど」

マチは渋面《じゅうめん》を作った。病人――ベイが横たわるベッドの上には、栄養剤や生命維持薬のカプセルやらアンプルやらが散らばっている。治療もしたらしい。

しげるが両手を合わせて、

「ダメだ、ダメだ。南無阿弥陀仏《なむあみだぶつ》」

「お経は死んでからよ、さっさと〈救命車〉を呼びなさい」

「何だよ、エラそーに」

「なーによ。ここの部屋代誰が払ってると思ってるのよ。あんたなんか、仕事以外の道楽でお給料使い果たしてる生活破綻《はたん》者じゃないの」

「そう言うなよ」

しげるは頭を掻いた。

「じゃ、〈メフィスト病院〉へ」

と携帯をかけたその右手を、下からぐいと摑んだものがある。

ベイの左手であった。

「わっ」

と叫んでふりほどこうとしたが、接触部分は溶け合ったようにびくともしなかった。

ベイの眼が、かっと見開かれた。

「おれは死ぬ」

とベイは、はっきりと力強く言った。

「いや、大丈夫、すぐ病院へ」

「そうよ」

マチも走り寄って叫んだ。

「それだけ元気があれば大丈夫よ。ほら、サイレンが聞こえるでしょ」

嘘である。

「おれは死ぬ」

とベイは繰り返した。

「寿命くらいはわかる。だが、ただでは死なんぞ」

「遺産残してくれるの？」

マチが眼をかがやかせた。

「いいだろう。だが、おまえではなく、この男のほうにだ」

「ええーっ⁉」

とのけぞり、

「どうしてよ？　こいつただの居候《いそうろう》よ」

「おい、そういう言い方はねえだろ」

「仲のいいことだな」

ベイは嘲笑《ちょうしょう》した。

「だが、用があるのは男のほうだ。世話になった礼に、用が済んだら返してやる」

「え？」

「え？」

ベイは空中を見つめた。

「来たぞ」

と言ったのは、死の訪れの意味か。

「うわっ⁉」

しげるが跳《は》ね上がった。ベイの手のせいで、途中で止まり、元の位置に戻る。ただし、白眼を剝いていた。

3

マチは血相を変えて、

「ねえ、しっかりして！　こら、うちのに何したのよ！」

両方の男の頰を平手打ちしたが、どっちも眼を剝き、ベイは明らかに絶命していた。

大急ぎ電話をかけ、きゃあきゃあ言ってるうちに〈救命車〉がマンションの玄関先に辿り着き、二人を運び出した。救急車ではないから、遺体の搬送も行なう。〈メフィスト病院〉は、監察医務院も兼ねているのだ。

昔懐かしい、ウーウーのサイレンとともに通りを走る〈救命車〉の中で、

「ねえ、しっかりしてよ。死んだら殺すからね」

とこの女らしい表現で、しげるに呼びかけていたら、

「きゃっ!?」

不意に眼を開いたばかりか、上体も起こした。

「ぶ、無事だったの!?」

「お、おお」

しげるは、ぼんやりと返事をし、ぼんやりと〈救命車〉の中を見廻していたが、急に、別人のように迫力ある表情を浮かべた。

「あらっ!?」

「どうかしたか?」

「凄《すご》い顔。シビれる」

「何処《どこ》へ行く?」

「〈メフィスト病院〉よ」

「そうか」

にんまりと笑ったその顔は、マチが息を呑む不気味な鬼気《きき》に満ちていた。

「気がつきましたか?」

ベイに付きっきりだった救命士が二人、声をかけて立ち上がった。

途端に、しげるはいつものゆるんだ顔つきに戻って、

「あー助かった」

とひっくり返ってしまった。


このとき、梶原〈区長〉は〝諸外国〟との対応に追われていた。

〈区外〉からは、いかなる最新鋭の通信機器を用いても連絡が取れない。そのため、〈区内〉へ来ての通信か直接面談になる。

どういう理由《わけ》か、みな直面であった。

朝イチに、ロシア大統領の代理とかいう、政治家

よりKGB面《づら》のミクリヤ・ベルセンコ外務大臣と、セバノア・グリムイコ防衛担当相が、これが三時間も粘って、ようやくお引き取り願ったところへ、中国大使館から陳鯨任《ちんげいにん》駐日大使と貪雷光《どんらいこう》書記官が来訪——これは五時間の長丁場となった。

　内容はどちらも同じ。いま母国で大流行の〝泡沫化現象〟を〈新宿〉なら食い止められるという情報を入手した。その方法を教えろというものである。

　何しろ元共産圏だから、梶原がのらりくらりと日本流に躱《かわ》そうとすると、

「アエロフロートの特別便は、この頃事故が多い。かなりの数が〈新宿〉上空をとんでいるはずである」

「我が国ではKGBが解体したと思われているが、実はそうではない。彼らは地下に潜伏し、あちこちにトンネルを延ばしている。うち一本はこちらに通じているはずだ。ちなみに我が国の大統領は寝技が得意である」

などと脅《おど》かす。

中国に到《いた》っては、

「うちの軍当局は、よく間違えて、他国へ戦車や戦闘機を送り込み、実際に活動させる」

「北京《ペキン》の主席が、昨日、〈新宿〉の〈区庁舎〉の屋上に、五星紅旗《ごせいこうき》が翻っている夢を見たそうな」

　恫喝《どうかつ》ならぬ恐喝《きょうかつ》である。

　しかし、梶原は、

「はあはあ」

「それは怖い」

「善処《ぜんしょ》します」

「お力になりたい」

　で全編を通し、ついに相手の求める治療法については言質《げんち》も与えなかった。

　代表たちが憤然と退出すると、梶原は額《ひたい》の汗を拭《ふ》き拭《ふ》き、

「けっ、人間相手の外交しかしたことのねえエセ遣り手どもが、〈新宿〉の〈区長〉を相手にするか」

吐き捨てた。これはこれで立派なものである。

そこへ、今度はどうにもなりそうにない相手――

ドクター・メフィストがやって来た。

「な、何事かね？」

さすがに顔色を変える〈区長〉へ、白い医師はとんでもないことを言い出した。

「〝泡沫化現象〟の患者は、見つけ次第、当院の施設へ連行、隔離してもらいたい」

「何だね、それは？　あの現象は――」

伝染性かと訊《き》こうとして、そうだと思い直した。

「しかし、それだと超法規的措置になる。〈区議会〉に対して理由を説明しなくてはならんぞ。あそこは近頃、反対派の思うがままだ」

「ついでに、どうかね？」

梶原がその意味を悟《さと》ったのは、数瞬後のことだ。

「そんなことができるか！　後で不信任動議を出されるのは、眼に見えている」

「〈新宿〉を救うためだと、説明すればよかろう。それでもゴネたら、〈亀裂牢《きれつろう》〉へ収監してしまえ」

「何かあったのかね、ドクター・メフィスト？」

眼を剝く梶原へ、

「すでに一〇〇人――地球壊滅の意思を持つ連中が生まれている。目下《もつか》、それを食い止める方法はない」

「何を言う。〝体内装甲〟とやらはどうした？」

「問題はあちらのほうだ。破壊の意思は、装甲自体が有している」

「何ィ？」

梶原は死相《しそう》になった。

「まさか――人間を守るはずの鎧が……世界破滅を企《たくら》んでいる……そんな莫迦《ばか》な……」

「ここは〈新宿〉だ」

梶原は椅子《いす》にめり込んでしまった。

何でも起こる街だ――メフィストはこう言ったのだ。

「しかし……しかし……」

梶原はへたり込んだまま呻きつづけた。

「治療薬が世界を滅ぼす。そして、病《やまい》を放置すれば、人類はすべて泡と化す——どうすりゃいいんだ」

「隔離」

「——すればどうにかなると？」

「今のところ、装甲が破壊の意思を明確にするには少々時間がかかる。これはまだわからないが、その間に騒動の張本人を始末するしかない」

メフィストは、はっきり始末と言った。

張本人とは——ドクトル・ファウストであろう。恩師を始末するか、メフィストよ。

いや、その前に、タイコンデロガ伯爵の問いに、おまえはどう答えた？

長大息《ちょうたいそく》の果てに、頭を抱えて、梶原はテーブルに突っ伏した。

〈魔界医師〉がいかなる手を思いつこうと、最終決断は〈区長〉の手に委《ゆだ》ねられる。

〈魔界都市〉の運命を決めるのは、常におまえだ、梶原〈区長〉よ。


「しっかりしてよね。せっかく助かったんだから」

こう言って、マチは年寄りみたいに腰を曲げたしげるの尻へ蹴《け》りを入れた。

「痛《いて》えなあ。何すんだよー？」

「活を入れたのよ、活を。さっきの迫力ある顔は何処行っちゃったのよ？」

一応、〈メフィスト病院〉で治療を受けた。院長は留守だと聞かされ、しげるは一気に絶望に沈んだように見えた。異常なしと診断されてから、ずっとこんなふうだ。

「一杯飲《や》ってこうよー？」

と、うらめしやーみたいに言うのへ、

「まだ午後四時過ぎよ。早い早い」

「けどさー、なんか調子がおかしいんだ」

「どうおかしいのよ？」

「よくわからねえ。何だか、自分が自分じゃないような気がする」

「なら、家に帰ってから自分捜《さが》ししなさいよ」

「そらそれでもいいけどよー」

「なーによ?」

「やっぱ、おかしいんだ。何か、このまま帰っちゃいけねーような気がする」

「どうしてよ?」

「だから、わかんねーんだって」

「変なの」

「それによ、もうひとつ、変なことがあるんだ」

「なーによ?」

「誰か追って来るぜ」

「えー?」

マチは反射的にふり返った。

〈新宿二丁目〉の飲み屋街の路上である。夕暮れに近いがまだ陽《ひ》だまりが残っている。通行人も多い。

背後に人はいるが、おかしなふうはない。学生ふうかおっさんだ。

空気に妖気が漂っているが、これは〈新宿〉なら何処でも、だ。

「誰もいないわよ」

「いーや、そんなこたあねえ。誰かがおれを追って来る。おれたちをじゃねーぞ」

「さいなら」

「待ってくれ」

しげるはあわてて、マチの腕を摑んだ。

「放せ、甲斐性《かいしょう》なし」

マチはふりほどこうと力を込めたが、しげるの手は離れなかった。

それどころか、急に——今まで決してなかったことだが——猛烈な力が加わった。

「痛あい、何よ!?」

と睨《にら》みつけた眼の中で、しげるは笑っていた。マチが心を奪われた、あの若き外国人と等しい表情で。

「あ、あんた！」

「SATかGSG‐9のか、いやCIAか、見当外れだぞ」

　つぶやきは、しげるの声だ。だが、違う。

「ちょっと、放してよ」

　マチが暴れた。気がついたのである。

「何処へ行く？」

「当てはないけど、取っ憑かれた奴といるのよりはマシよ」

「そう言うな」

　しげるは、にやりと笑った。こいつ、こんな男臭く笑えるのかと、マチは胸を衝かれた。

「おれから逃げるのはいいが、おまえはもう仲間だと見なされてる。離れたら狙われるぞ」

「じゃ、どーするのよ？」

「おれの後ろに廻れ。ぴったりくっついて離れるな」

「わかった」

　マチは息を引いた。緊張で胸が高鳴る。

　しげるは通りを五、六メートル歩いたところでふり返った。

「ひい」

　と背中へ廻る。

　通行人が妙な顔でこちらを見る。これは観光客だ。足を速めて歩き出すのと、電柱や物陰に隠れるのは〈区民〉に違いない。

　だが――

　左側の電柱の陰から押し潰した銃声が上がるや、しげるは左胸を押さえた。被弾したのだ。

　走り去る通行人もこちらを向くや、次々に引金《トリガー》を引いた。消音器《サイレンサー》付きの拳銃を何処に隠しておいたものか、衝撃で銃口が跳ね上がるたびに、しげるの身体は揺れた。為《な》す術《すべ》もない標的状態であった。

「しゃがめ」

　と両膝《りょうひざ》をついた。マチも従った。

「う、射《う》たれたの？」

「そうだ」

苦しげな声が、マチの絶望に拍車《はくしゃ》をかけた。

「どーすんのよ！」

「我慢しろ」

「えーっ」

前方に敵が姿を現わした。

カメラとショルダー・バッグを肩にかけた親子連れ。子供も拳銃を握っている。

ジャンパーを着た親爺《おやじ》とダッフルコート姿の学生風。右手の武器は消音器付きだ。

狂気の塊《かたまり》が四個――夕暮れ近い路上を近づいて来る。

マチは悲鳴を押し殺した。気がつくと、ペンダントを握りしめていた。

Part4　ドクトルの宴《うたげ》

1

殺人者たちは二人を扇形《おうぎがた》に取り囲んだ。距離はそれぞれ五メートル。銃口は三人がしげるへ、ひとりはマチだ。

本物の通行人たちは、路地やとび込んだ店内から、覗《のぞ》き込んでいる。路上での殺し合いや妖物《ようぶつ》とのバトルは珍しくないが、大半が観光客である。全員がカメラを構えていた。

「米軍か？」

としげるが苦しげに訊《き》いた。

「いいや、この街の殺し屋さ。雇《やと》い主《ぬし》の名は言えんが」

と親子連れの子供のほうが、あどけない声で答えた。小学校一年生くらいの顔立ちと身長だが、リーダー格らしい。

その姿と台詞《せりふ》を天秤《てんびん》にかけたのか、マチが宙を仰《あお》いで溜息《ためいき》をついた。変身人間の話は聞いていても、見るのははじめてのようだ。

「縁もゆかりもない殺し屋が……何故《なぜ》……おれを狙《ねら》う？」

しげるの上体は前にのめっている。

「それがよくわからんのだ」

と小学一年生は言った。

「受けた指令は、アリフ・ベイの抹殺《まっさつ》だ。雇い主からは、あんたのDNA情報と、その識別装置が渡された。ところが、相手は資料の写真とは別人ときてる。変身能力があるとは聞いてない。憑依《ひょうい》されたのか？」

「さて……な」

「となると、即死しない理由もわかる。念のため、眼の前で灰になってもらおう」

一年生が父親を見上げて顎《あご》をしゃくった。

父親のコートの下から黒い円筒が現われた。上部の安全リングを咥《くわ》えて抜き、父親はそれをアンダースローで二人のほうへ投げようとした。

しげるは顔を上げていた。

両眼が真紅に燃えていた。

一年生の頭部が西瓜《すいか》みたいに四散《しさん》したのは、次の瞬間だった。

「うげ」

父親の声だけが反抗だった。

父親は電柱まで吹っとび、背中から激突した。脊《せき》椎《つい》がへし折れ、くの字に曲がった。同時に全身が炎に包まれた。手にした円筒は火炎弾だったのだ。六〇〇〇度の炎の中に浮かび上がった影がみるみる崩れていく。

後の二人は近くのコンクリート塀《べい》へ頭から叩《たた》きつけられた。巨大な血の花を描いてから地面に落ちた。

単純この上ない念力《サイコキネシス》だが、その分パワーは桁《けた》外《はず》れといえた。

「あわわ」

マチはあんぐりと口を開いて惨劇の現場を見つめた。さして怯《おび》えたふうもないのは、こういう光景なら見慣れているのだろう。

「凄《すご》いことするわね。ボキボキのバーベキューとグチャグチャの生ジュース」

「そのたとえのほうが、凄いぜ」

しげるは立ち上がった。

傷口から小さな塊《かたまり》がせり出して、道に転《ころ》がった。潰《つぶ》れた弾頭であった。それとしげるを見比べ、

「あんた──誰?」

とマチが訊いた。

「おまえの彼氏だ」

「よしてよ。外見は同じだけど、別人よ別人。あの死んじゃった人でしょ。ねえ、名前なんて言うの?」

「しげるだ。余計なことは訊くな。用が済めば元に戻る。無事でいたかったら、こう信じていろ。おれはしげるだ」

「わかった。逃げよー」

その手を取って、〈靖国通り《やすくに》〉の方へ走り出したマチの眼は、感動のかがやきを放っていた。


その禿頭《はげあたま》の老人は、すでにカウンターでウイスキー・サワーを一〇杯も片づけていた。ただのグラスではない。サワーはビールの小ジョッキで来る。

さすがに顔も手もゆでダコみたいに赤く、頭頂からは湯気をたてている。それでも、

「もっぱい」

空《から》のジョッキを置き、反対側の手に握った串焼きを咥えて、ぐいとしごいた。

「もうよしたほうがいいんじゃねえのか、ミスター？」

とカウンターの内側《なか》で店主が訊いたのは、青い眼と飲み出す前の皮膚の白さから外国人とわかっているからだが、一五〇センチ足らずの短軀《たんく》でジョッキ一〇杯は、いくら何でも飲み過ぎと不安に感じたからだ。〈新宿〉の飲み屋の常で、ウイスキーには酔いが早く廻《まわ》る成分が混ぜてある。

「うるしゃい、ダイジョブ。もっぱい」

きゃあ、と悲鳴が上がった。

席を去って、レジへ向かったアベックの女性の尻を、禿頭が撫《な》でたのだ。

「うわ」

と店主は青ざめた。女の相手は、地廻りのやくざだったのだ。

はたして、彼は老人の胸《むな》ぐらを摑《つか》むや、ひょいと頭上まで持ち上げてしまった。

「わあ、何をしゅる？」

じたばたとゴキブリみたいに手足を動かして抵抗する老人を、やくざは酔いのせいで血走っていると見える眼で見つめた。

「人の女房のケツを、亭主の見てる前で撫でるたあ、いい度胸だ。覚悟は出来てるな？」

「オー、出来てるとも、ヒック。もう一杯で立派に

出来上がるどー」

老人は喚《わめ》いた。酔っているにしても大した余裕である。相手は一九〇センチ、一三〇キロはある。プロレスの団体から引き抜きが来たこともある暴力の逸材《いつざい》だ。

老人の応答が面白かったのか、座敷の方で笑い声が上がった。別の酔っ払いだ。

これがやくざを激昂《げっこう》させた。

「この野郎」

ぐいとふりかぶり、ボールみたいに床の上へ。客たちはカエルのように内臓を吐き散らして潰れた老人を想像して、凍りついた。

「るせー」

と言ったのは老人であった。彼はやくざの腕にしがみついた。そのせいで、とび出さなかった。のみならず、ごん、と鈍《にぶ》い音がするや、やくざはよろめいてその場へ尻餅《しりもち》をついた。しがみつくと同時に老人が短い足で顎を蹴《け》ったのである。


「こん畜生《ちきしょう》！」

尻を撫でられた女が逆上した。やくざの情婦だ。大人しい淑女《しゅくじょ》のわけがない。

ぶっ倒したやくざの腹の上で、ポーズを作っている老人へキックがとんだ。一発で戸口まで吹っとんだ。

「痛いよーびえーん」

いきなり泣き出した。まるで餓鬼《がき》――いや、赤ん坊である。

「この。泣けばいいと思いやがって」

女は突進して来た。また蹴った。

老人は呆気《あっけ》なく路上へ放り出され、びえーんびえーんと泣きながら逃げて行った。

「ざま見やがれ」

吐き捨てて、

「ねえ、あんた」

とやくざに声をかけたところで、店内の静けさに気づいた。

やくざは、大の字に横たわっていた。

その不自然さに女が気づくまで、数秒を要した。

やくざは十数年の〈区民〉歴があったが、女はたかだか半年であった。

だから、こんなものを目撃した際の悲鳴は、〈区外〉の名残《なごり》を留《とど》める絶叫であった。

ダウン中のやくざの両肩からは脚《あし》が生《は》え、腰から下では両腕が拳《こぶし》を握り締めているのだった。

びえーんびえーんと悲しげな声が、夜の〈歌舞伎町〉を渡っていく。

血のせいで胸もとまで真っ赤な禿頭《とくとう》の老人であった。

通行人の眼にはつく。パトロールの警官の眼にもつく。しかし、そんなもの見慣れている〈区民〉は無視するし、観光客もそれどころではないから、こちらもそっぽである。

たまにパトロールの警官がやって来ると、禿頭のほうが、びえーんびえーんが嘘《うそ》のように、さぁっと物陰に身を潜《ひそ》めてしまい、通り過ぎると、またびえーんびえーんとうろつき出す。

時折、地べたへ胡座《あぐら》をかいて、これをやる。すると眼の前を女たちが通る。

泣き方が激しくなるから、みなそれと気づく。禿頭は、すがるような眼差《まなざ》しで見上げる。にやりと笑ったりするのは、ニヒルなつもりらしい。みな、あわてて逃げ去り、禿頭はまたびえーんびえーんとやりながら歩き出す。

細い路地に入り、行き止まりになって、これはいかんと方向転換し、そこを出合いがしらに、どん、とぶつかった。

「きゃっ!?」

相手は若い女であった。

ボディコン・スーツが浮き上がらせるボディ・ラインの張りとミニスカートから伸びる美脚の若々しさは、すれ違う男たち全員が、眼を向けずにはおかぬセクシーさだ。

黄金色《きんいろ》の睫毛《まつげ》と目張《めば》り、血みたいに赤い口紅《ルージュ》――化粧も風俗嬢そのものだ。

「気をつけてよ、この」

と凄んだ般若《はんにゃ》顔が一転――

「どうしたの、お爺《じい》ちゃん？」

仰向《あおむ》けになって、ゴキブリみたいに手足を痙攣《けいれん》させている老人へ駆け寄った。

「ごめんね、痛かった？　歩ける？」

「んーんー」

ここぞとばかり、首を横にふるのへ、

「困ったわねえ。そこに臨時交番があるから、連れてってあげる」

人出が多いときに、特別に設置される交番のことである。〈歌舞伎町〉のトラブルは、ただの喧嘩《けんか》では収まりがつかないから、対妖物仕様のプロテクト・スーツとレーザー砲に身を固めた〈機動警官《コマンド・ポリス》〉五名と医師、及び看護師二名が詰める。

禿頭は激しくかぶりをふって、拒否するや、伸ばした女の腕に、するするっと、動物みたいにすがりついた――いや、巻きついた。

「やだ！　元気じゃん」

驚いたもののふりほどこうとはせず、娘は真っ赤な口で笑った。余程《よほど》気がいいらしい。

「でもさ、やっぱ、交番だよ」

「えーっ⁉」

夢中でかぶりをふるのを、まるでペットか五〇年昔のダッコちゃん人形みたいに腕に巻きつけ、娘は通りの端に見える交番へ向かった。

ところが、怪我《けが》人や引き込み強盗の被害者らしいのが、列を成している。

「あ、ダメだ」

あっさり諦《あきら》め、

「んーと、仕様がないわねえ。あたしのお店で手当てしてあげる。それでいい？」

「うーうー」

満面の笑顔でうなずく血まみれ禿へ、娘は優しい祖父を見る気立てのいい孫娘みたいな眼差しを送った。

娘の店は、そこから徒歩五分とかからぬ風俗ビルの中にあった。

カード・キイでドアを開け、店内を見廻す様子に、

「あの、店長?」

と禿頭は小さく訊いた。

「あら、しゃべれるのね」

冗談半分に笑いかけると、

「そうよ、ここはあたしのお店。『愛のマッサージ・そよ風』全五室——でも、女の子が〝泡沫化現象〟にやられちゃって、目下《もっか》、店員募集中」

「へえ」

きょろきょろ店内を見廻したのは、腕にくっついたままである。

「ここで何をするのだ?」

不思議そうに訊かれて、娘は噴《ふ》き出した。

「男と女がいちばん好きなことよ、さ、あっちで手当てしよ」

「うん」

六畳ほどの待合室で、

「顔以外に何処《どこ》が痛むの?」

「全部」

「じゃあ、脱がなくっちゃね」

「脱ぐ脱ぐ」

今までのぐったりぶりは何処へやら、ぱっぱっぱと下着まで脱ぎ捨てた手際《てぎわ》のよさに、さすがに笑い出すより呆《あき》れ返って、しかし、ふやけた肌に残る青痣《あざ》や打撃痕《だげきこん》に、娘は眉《まゆ》を寄せた。

「可哀相《かわいそう》に。誰がこんなことしたの」

ここぞとばかり、

「びえーん」

と泣き出した。

「よしよし、大丈夫よ。すぐ楽になるからね」

2

救急キットから取り出した鎮痛《ちんつう》スプレーを吹きつけ、打撲《だぼく》のひどいところには、同じ薬効の再生シートを貼った。幸い骨には異常がなく、禿頭はすぐ、笑顔になった。

「よかったわね。もう大丈夫。ひとりで帰れるよね？　えっ!?」

激しくかぶりをふった首が、一回転したように見えたのである。

「駄目なの？」

「家《うち》がない」

「お爺ちゃん、観光客じゃないの？」

「NEIN《ナイン》」

「九人で来たの？」

「英語だとNOじゃ。観光客にあらず」

いつの間にか、まともなしゃべり方になっているが、奴《やつ》は気がつかない。

「あら。じゃあ、〈区民〉？」

「NO」

「へえ、でも〈区外〉からの出張には見えないしね。ホテルへでも泊まる？」

「金もないのだ」

「じゃあ、どーするのよ」

「ここにいる」

「ちょっと——お爺ちゃんのいるところじゃないわよ。部屋もないし」

「空《あ》いてるところで結構じゃ」

「ちょっと待って。居候《いそうろう》するつもり？　ならお金貰《もら》うわよ」

「ない。ただし、ここで稼《かせ》ぐ」

「えーっ!?」

何を想像したのか、娘は真っ赤になった。

「おかしなことはせん。用心棒になってやろう」

ボコ殴《なぐ》りされて泣いていた爺さんが？　と、娘は呆れ返った。

そこへ、激しくドアが乱打されたのである。

素早く、待合室にあるカウンターの向こうに入り、インターフォンへ、

「どちら様ですか？」

声には予感の響きがある。

「ああ。『鳥立商会《とりたてしょうかい》』の者《もん》だよ」

「またあ」

娘は、うんざりしたように、

「その話なら、もうお断わりしましたけど。何回も」

「断わられなくなるまで行けと言われてるんでね。とにかく中へ入れてくれや。ま、一日中ここで待ってもいいけどよ」

「いい加減にして。警察呼ぶわよ」

「いいとも、呼んでくれ。いなくなったらまた来らあ。おれたちゃ〝幽霊《ゴースト》〟でやくざじゃねえ。警察に捕まらねえ限り、出て来るぜ」


こういうトラブルに関して、一方乃至《ないし》双方の当事者から頼まれて嫌がらせを行なう連中は、殆《ほとん》どがやくざや暴力団の類《たぐい》だが、警察の取り締まりが〈区外〉とは桁外れに厳《きび》しい〈新宿〉にあっては、たちまち組ごと潰される恐れがある。警察と事を構え、一家総出の射《う》ち合いとなって、皆殺しになった例は数えきれないのだ。

そこで、やくざは代理を雇うことにした。名前だけで実体のない会社をこしらえ、そこの社員に代行させるのである。実体がないから警察も逮捕に動くことができず、いなくなればまた現われ、脅《おど》しなり、嫌がらせなりを続ける。それで〝幽霊〟の名がついた。

立ち退《の》き問題でも、部屋から店舗、住宅に到《いた》るまで、何千人もが不快な要求を呑《の》まされている。

立ちすくむ娘へ、

「何じゃい？」

と禿頭が訊いた。

「このビルを買い取ろうとしてる、別の風俗店の代理なの。立地もいいし、格安なので、誰も出て行きたがらないのよ」

「ふむふむ――では、入れてやるがいい」

「え？」

「こうしたときのための用心棒だぞい」

本気だったのか、と娘は眼を見張った。かといって、顔を腫《は》らした頼りなげな禿の老人に、暴力沙汰《ざた》を一任する気にはならなかった。

立ちすくむ娘を見て、禿頭はドアの方を向いた。

それは呆気なく開いて、四人の屈強《くっきょう》な男たちが入って来た。

「話がわかるねえ、お姐《ねえ》ちゃん――サンキューだぜ」

リーダーらしい坊主頭が歯を剝《む》いて笑った。所詮《しょせん》は女、と見くびっているのがよくわかる笑顔だった。

「礼はいらんよ」

男たちの視線が声の主に集中した。

「何だ、てめえは？」

「用心棒じゃい」

男たちはしげしげと禿頭を見つめ、いきなり噴き出した。爆笑の嵐が店内を駆け巡《めぐ》った。

「何がおかしい？」

禿頭が不貞腐《ふてくさ》った。

「いや、別に。おっそろしい用心棒がいるもんだと思ってな」

とリーダーが涙を拭《ふ》きながら言った。

「わかればよい。とっとと出て失《う》せろ」

「まあ、そう言うな。あんたの雇い主とゆっくり話がしてえんだ。あんたとはその後さ」

「そうはいかん。ママのところへ行くんなら、わしを殺してから行くがよい」

「そうかい、そうかい。じゃあ、そうさせてもらうぜ」

リーダーが禿頭へ顎をしゃくるや、ひとりがグロックを抜いて、無造作《むぞうさ》に引金《トリガー》を引いた。銃口の先に、いま流行《はや》りの使い捨て消音器《マフラー》が装着されている。ゴルフボール二つを重ねたくらいのそれは、ほとんど無音といってもいいくらいに銃声を消去するが、九ミリ軍用弾《パラベラム》五〇発程度で効果は失われる。

〝使い捨て〟の由来である。

眉間《みけん》に小さな射入孔《しゃにゅうこう》を開けて、仰向けに倒れた禿頭へ、

「何するの⁉」

娘が駆け寄った。

その眉間へ、銃口が移動する。今日はこうするつもりで来たらしい。

かすかな吐息程度の発射音は、射った男の全身を震わせた。後頭部から脳漿《のうしょう》が噴き出した。射入孔は眉間に開いていた。禿頭と同じだ。

右手を伸ばした射撃姿勢に変化はない。銃口を出た弾丸が、突如《とつじょ》方向を変えた、としか思えなかった。

男は倒れなかった。また、静かな銃声。今度は別のひとりが倒れ、四人目の男が銃を抜くや、裏切り者目がけて射ち込んだ。

のけぞったのは、射った当人であった。所有者を愛する弾丸は彼らの下《もと》へと帰省したのである。

「射つな！」

リーダーが叫んだ。眼は立ちっ放しの死体と――娘の間をせわしなく往来し、

「いいか、二度とこの店へ近づくな。おまえたちのしたことは、すべておまえたちに返る。ナイフでもミサイルでも同じだ」

この台詞で、仁王立《におうだ》ちになった禿頭に据《す》えられた。眉間にはまだ射入孔が開いている。

「て、てめえ――何者だ？」

「だーれだ？」

禿頭は眉間の穴に人さし指を突っ込んで、ぐりぐりこね廻して見せた。

「ひええ」

リーダーが店をとび出して行った後で、禿頭はこちらもぶっ倒れそうな娘を見て破顔《はがん》した。

「雇い主に、とんでもない妖術使いがいる、と伝えるじゃろう。これで大丈夫じゃ」

「あなた……一体……何者？」

「用心棒じゃよ。三食昼寝付き、一日五〇マルク――おっと、五〇〇円でどうじゃ？」

「い、いいけど」

「よっしゃ契約成立。それでは」

禿頭が右手を差し出した。娘はそれを握り締め、きゃっと叫んで放した。

「氷だわ」

「これは失礼――これでどうじゃ？」

手の平を、破れたハーフコートの裾《すそ》にこすりつけ、禿頭はもう一度握手した。今度は普通であった――らしい。

「わしは、ドクトル・ファウスト。ここでは〝逆襲山《ぎゃくしゅうざん》〟で通そう」

娘は眼を閉じ、何とか自分を納得させてから、

「ノリコです。カタカナでね」

二人はもう一度、固い握手を交《か》わした。

「でも――この死体、どうしよう？」

ノリコは困惑の表情で三人の死体を見下ろした。

「あーっ!?」

それは恐怖の叫びであった。自分を守ろうと両手で身体《からだ》を抱いた。

死体は急速に厚みを失いつつあった。

顔も手も無数の泡と化し、空中へ昇っていく。そして――消滅した。

「〝泡沫化現象〟だ。あたしにも感染《うつ》っちゃう～」

その肩をファウストこと逆襲山が叩いた。自信たっぷりな叩き方にふり返るノリコへ、

「安心せい」

と言った。

それから起こった一連の現象は、ノリコも初めて眼にするものであった。

泡沫化した死体は、ふたたび人間《ひと》の形を取り戻していた。

泡の内側から明らかに金属と思《おぼ》しい兜《かぶと》や装甲が出現し、全身を覆《おお》ったのだ。

「ななによ?」

つぶやくノリコの眼の前で、鎧《よろい》をまとった死者は次々に立ち上がった。

「これで〝泡沫化〟は防げる。しかし、死人が相手では、防いでも何てことはないのお」

小首を傾《かし》げて、

「おまえら、好きなとこへ行け。後は〈新宿〉が何とかしてくれるわ」

ドアを指さした。

三人の装甲死体は、ぎくしゃくと、そちらへ向かって歩き出し、廊下へ出て行った。

「ちょっと——出て行かせていいの?」

興奮と驚きと恐怖のあまりか、ノリコは待合室を歩き廻っていた。


「大丈夫。大丈夫。〈新宿〉も〈魔界都市〉とか言われながら、ここのとこ微温《びおん》的な平和ムードに浸《ひた》りきっておる。少しは活を入れねばならんぞ」

それから、口に手を当て、くくと含み笑いを洩《も》らして、

「米ロに中国——久しぶりに仮想敵国の連中が入って大騒ぎじゃ。〈区〉はどう対処するのであるか」

マチがその騒動を知ったのは、しげるが教えたせいである。

部屋へ戻ったしげるは、国際的暗殺団を始末したときの精悍《せいかん》さなど何処へやら、いつもの調子で、ソファにひっくり返っていたが、一八時を廻った頃、急に起き上がった。

「ほほう。そいつは面白い。噂《うわさ》にゃ聞いてたが、これが〈魔界都市〉の真骨頂《しんこっちょう》だろうぜ」

「何のこと?」

夕飯の仕度《したく》にかかっていたマチは、手を拭き拭き

訊いた。誰かと電話でもしているのかと思ったのだ。

「ちょっと出て来るぜ」

と腰を浮かしたしげる＝ベイへ、

「待って、あたしも行く――」

好奇心で弾《はじ》けそうな顔であった。


事の起こりは、〈旧区役所通り〉に忽然《こつぜん》と現われた銀色の鎧武者《むしゃ》みたいな三人が、手当たり次第に通行人を殴り殺し、通行中の車を放り投げ、前進の邪魔になるビルを破壊しはじめたことにある。

いきなり車道を横切り出したところへ、鉄骨を満載した四トン・トラックが激突したのだが、潰れたのはトラックのほうで、その衝撃が鉄骨を縛《しば》っていたロープを弾きとばし、大惨事を巻き起こした。一本数トンの鉄骨が、近くのビルや民家を貫《つらぬ》いたのである。

たちまちパトカーと〈機動警官《コマンド・ポリス》〉が駆けつけ、治安用アンドロイドを向かわせたのであるが、一〇〇〇馬力のアンドロイドは、摑んだ腕を振られただけで、自前の豪腕が肩からもげてしまい、行動不能に陥《おち》ってしまった。やむを得ず放った一斉射撃も、六〇ミリ・レーザー砲、火炎放射器、一五〇ミリ榴弾砲《りゅうだん》が含まれていたにもかかわらず、等身大の装甲に傷ひとつつけられず、ついに掃射《そうしゃ》ヘリの出動を仰ぐことになった。こうなると市街戦である。近隣住民は避難せよとのテロップが、TV、PC、スマートフォン、ツイッターその他あらゆる情報ツールに流れまくり、パトカーが警告、警官が勧告を繰り返した。

三人組――というか三体というか――は、斜めに〈歌舞伎町〉を横切って〈大ガード〉方面に抜けるつもりらしく、その行く手を阻《はば》むものは、人間であろうと、建物であろうと、容赦《ようしゃ》なく血と肉の塊と瓦《が》礫《れき》と化していった。

彼らの上空には、すでに警察のものを含め、おびただしい数のドローンが旋回を続け、中には小型爆弾やら、ロケット弾を積んだ機も見えた。

ゴーグル型のスクリーンで、上空からの映像を見ながら、米大使館付きCIA局員のレックス・ハーパーは、

「こいつは面白くなってきたぞ」

と興奮の面持《おもも》ちでつぶやいた。彼は警官が遠ざけようと努める人混みの中にいた。

〈新大久保駅《しんおおくぼ》〉前にそびえるマンションの一室で、ミクリヤ・ベルセンコ外務大臣と、セバノア・グリムイコ防衛担当相が、部下が用意したPC画面を見つめながら、

「こうも素晴らしい情報収集のチャンスに恵まれるとは思わなかったぞ、同志よ」

と丸まっちい手を叩いた。

陳鯨任駐日大使と貪雷光書記官は、レックス・ハーパーと対称地点の人混みに揉《も》まれながら、スマホのスクリーンへ、

「じきに〈新宿警察〉が来る。これは戦争だ」

と唱《とな》え続けている。

そして、白い医師の下へ、一本の電話が入る。

3

〈新宿警察〉は、三体の〝装甲人〟出現の一報から一〇分以内に、出動準備を整えていた。

レーザー砲、ハンド・ミサイル等の物理的攻撃手段は言うまでもなく、存在が噂されては消えていく極秘兵器も実験的に禁を解《と》かれていた。後に、〝装甲人〟は死者であるとの知らせが入ったからと言われたが、時間も送信者もわからず終《じま》いであった。

かくて、破壊活動開始から一二分後には、最新鋭

の兵器が現場に到着していたのである。

〈機動警察隊〉総合司令官、北条《ほうじょう》二喜《にき》は、誰の予想をも裏切って、心霊兵器の使用をまず決定した。

「〈新宿〉のど真ん中であれを使うんですか、それも昼間に？　効果は半減しますよ」

　副官の抗議もどこ吹く風。

　現場の最高責任者の指示が最も強力なのが、〈新宿〉の特徴である。

「〝人工憑依霊〟、充塡《じゅうてん》一〇〇パーセント」

「目標、前方一〇〇メートルの破壊体すべて」

「方角よし」

「準備よし」

「発射」

　使用命令から三〇秒足らずで、世界に例のない砲弾は〝装甲人〟めがけてとんで行った。

　このとき、〝装甲人〟は前方の貸ビル一階を、拳をふるって破壊中であった。一撃でコンクリートを粉砕《ふんさい》し、鉄骨を引き抜いてしまう。ビルはたちまち崩壊する。それが五棟も続いていた。〈歌舞伎町〉の一角に、新たな廃墟《はいきょ》群が生まれるのは時間の問題といえた。

　妖物砲弾は、三人の前方三〇センチの地点に落ちた。

　着弾と同時にカプセル状の砲弾が砕け、内側の呪《じゅ》文《もん》に封じられた憑依霊が、最も手近の〝被憑依体〟に襲いかかる。

　三体の動きが止まった。

　ガクンと膝《ひざ》を落として前のめりになる。糸の切れた操《あやつ》り人形を思わせた。

　空中のドローンが全機停止——浮遊状態《ホバリング》に移る。

「憑《つ》いたぞ」

　肩からアームを伸ばした携帯用モニターを見つめていた北条が拳を握り締めた。

「成功だ。後は〝憑依霊〟を〈メフィスト病院〉まで誘導しろ」

　霊を自在に操る——これこそが、この攻撃を極秘とさせていた技術だったのだ。

三体が、ひょろりと起き上がった時、見えるはずのない群衆が一斉にどよめいた。ドローンの操縦者たちだろう。逆に、現場を直視している警官たちは立ちすくんだ。〝憑依霊〟の操縦について、知らなかったのだ。

「やってのけたか。日本人もやるな。霊を操るとは」

レックス・ハーパーの言葉は、アメリカが極秘兵器の存在と内容に気づいていることを物語っていた。

逆に――

「あの砲弾は何だ？　不発か？」

ベルセンコ外相が眼を丸くしたロシアは、情報収集能力に、やや難ありと言わざるを得ない。


更に《さら》――

「我が国の砲弾は、決してあのような醜態《しゅうたい》はさらさぬな」

「はい《ハオ》、大使」

陳鯨任大使に到っては、根本的な勘違《かん》いから脱け出せないようだ。

〝装甲人〟は〈旧区役所通り〉へ出て、〈メフィスト病院〉方面へと下りはじめた。

人垣のあちこちから上がる声は、

「何でえ」

「つまらねえ」

が圧倒的であった。

みな、殺し合いを――死と破壊の現実を目撃したいのだ。

最も〈メフィスト病院〉に近い群衆の中に、マチとしげるがいた。

「どうやら、おしまいらしいぜ」

「ホントだ。期待外れだったわねー」

マチの声はしげるの頭上からである。肩車しているのだ。しかし、期待外れと言われた三体は、ビルを五つも潰している。

「あ、来た」

坂のてっぺんに影が現われた。

「下がってください。下がって」

〈機動警官〉が群衆に近づき、群衆は後退した。

「け、面白くもねー」

しげるが吐き捨てた。間があった。それから、

「面白くしてやろうかな」

マチは恐怖のあまり沈黙に落ちた。しげるが別人になったと気づいたのである。

「ちょっと——また出て来たのね。変なことしないでよ」

「何もしねえさ。だが少しだけ——」

どよめきが大気を揺るがせた。

〈メフィスト病院〉の正門が白い医師を生んだのだ。

「ドクター・メフィスト⁉」

どよめきは歓声に変わっていた。

「こりゃ凄《すげ》え」

としげるは興奮のあまり、大きく揺さぶりをかけて、マチに悲鳴を上げさせてから、

「待てよ、どうしてわざわざ院長が出て来たんだ？　お出迎えか？　そんなはずはない」

そこへ警官の、下がって下がってが割り込み、人垣はまた遠のいた。

三体が坂を下りはじめ、すぐ三メートルまで近づくと、メフィストは右手を挙げて制止した。

三体は足を止めた。このとき、〝憑依霊〟の誘導担当員は、メカ車の中で眼を剝いた。彼は〝憑依霊〟にストップをかけてはいなかったのである。

〈靖国通り〉から駆けつけたパトカーが、メフィストのかたわらに停車し、貫禄《かんろく》充分な巨漢が降りた。部下が周囲を囲む。北条であった。

「ドクター・メフィスト」

と敬礼するのへ、

「帰りたまえ」

「は？」

メフィストは、前方の三体に視線を注いだまま、

「彼らを操っているのは、君たちではないぞ」

と言った。

「まさか!?」

「離れたまえ」

生と死の交差する現場で、この医師の言葉は鉄だ。

「全員、後退」

の叫びを残してパトカーは走り去り、あっという間に人の姿は消えた。上空のドローンのみが、カメラと武器を向けて、情報を世界に提供中だ。

「いよいよ、始まるぞ」

しげるが全身を震わせた。


もう、〈靖国通り〉との交差点まで押し戻されている。

「ドクター・メフィストと〝体内装甲〟かよ。しかも、中身は死んでるときた。死人とどう戦うんだよ、ドクター・メフィスト？」

「莫《ば》迦《か》なこと言わないで」

マチが異議を唱えた。

「中身が死人なら、あいつらロボットと同じじゃん。ドクターなら一発よ」

「ところが、〝死人《しびと》使い〟がいるんだ。おれの勘では、禿頭のチビ爺《じじ》いがな。野郎、何処で術を使ってやがる？」

「ふふふ、気がついたか」

ベッドの上でヒイヒイ言ってる老人の声が、急にこんなふうに変わったのを聞いて、ノリコは眉を寄せた。

「だが、まだ摑ませんぞ。それより、これを止めて

みい」

「ちょっと」

声をかけると、

「イタタタタタ——おや？」

「ドクトル・ファウスト」

と白い医師は三体に呼びかけた。

「あなたが世界の破滅を策そうと、弟子たる私に止める資格はないが、この街で事を成さんとする限り、その前に立ち塞《ふさ》がらざるを得ぬ。そして、遊びというわけにもいかん」

「そうじゃ、そうじゃ、わかっておるな、メフィスト」

にやついている。ノリコはますます気味が悪くなった。

「どうしても居所《いどころ》が読めねえ。何かしでかしてくれるといいんだが」

歯ぎしりするしげるを、マチは不安気に見つめた。ヘンな霊に取り憑かれたのはわかるが、そいつが何か企《たくら》んでいるらしいのが不安だ。

おお!? という叫びが〈新宿〉中で上がった。ドローンのカメラが、〝装甲人〟がメフィストを囲むのを伝えたのだ。

「何をしている？ ドクター・メフィストに喧嘩を売る気か？」

北条が喚いた。

答えは短かった。

「コントロール不能です」

装甲の両眼が白光《はっこう》を放った。

六条の光がメフィストに突き刺さる。地球には存在しない高熱の火矢《ひや》であった。

自ら発光したかのようにメフィストの身体は白くかがやき、光の中に溶けた。

戦いというには、あまりにも美しい緒戦であった。


「一〇〇〇万度だな」

しげるは指摘し、マチは口を開けた。

「溶けちゃうわよね」

「そうだな。あらゆる物質がな」

「ドクター・メフィストも危ないわよね」

「そうだな。彼が物質なら」

「――あっ!?」


光が急速に薄れた。

白い影が院長の形を取った――と見えた刹那《せつな》、彼は一回転した。〈新宿〉中で、三〇〇〇人を超す失神者を出したと後《のち》にわかる美しいターンであった。

兜がアスファルトの上で、曖昧《あいまい》な音をたてた。ドクター・メフィストの右手に光るメスを見た者はいない。

胴体も重なった。

「やった!」

誰かが叫んだ。


「何て野郎だ」

呻《うめ》くしげるへ、マチが得意そうに、

「ドクター・メフィストよ」

と言った。

終わった――誰もがそう思った。

メフィストのみが動かない。わかっているのかもしれない。

三体が、またもや立ち上がって、摑みかかってくると――

「苦労が人を大きくする」

と疣だらけの禿頭が、にんまりと口にした。

Part 5　奇妙な外相

1

白い医師の身体《からだ》は、三体の装甲に覆《おお》われた。鋼《はがね》の指が喉《のど》に頭に腕に食い込む。

「極《きわ》めて原始的な手段ですな、ドクトル」

メフィストは軽く全身を右へひねった。

鉄を貫《つらぬ》く呪縛《じゅばく》はあっさりと外れ、バランスを崩《くず》してよろめく鎧《よろい》たちの外にメフィストは立っていた。


「しかし、そいつらはまだ諦《あきら》めんぞ、メフィストよ。さて、どうする?」

けらけら笑う禿頭《はげあたま》が、いきなり平手打ちされた。

「ん——?」

と唇を尖《とが》らす前に、ノリコが仁王立《におうだ》ちである。

「さっきからTVも観《み》てないくせに、なに、メフィストのファウストの言ってるのよ? あんたドクターの敵?」

「とんでもない。どちらかと言えば仲間じゃな」

「だったら悪態つくのよしなさいな——あら!?」

かたわらのモニターをちら観したのである。

鎧どもは再び白い医師を取り囲んでいた。首と胴が分断されているものだから、とびかかるポーズを取ろうとすると、首がずり落ちるのは、目撃者たちが噴《ふ》き出してしまう不気味《ぶきみ》な愛敬《あいきょう》だった。

「ドクター、しっかり」

拳《こぶし》をふるノリコを、禿頭は恨《うら》めしそうな眼で見つめた。

「出た!」

ノリコの叫びに、空中へ眼を据《す》えた。

鎧どもの周囲を銀色の光が幾《いく》すじも旋回《せんかい》中であった。それはドクター・メフィストの右手からせり出していた。針金だ。

「久しぶりよ、ドクター・メフィストの針金細工」

ノリコの声は性的エクスタシーに近かった。

「むむむ」

残念ながら、今回は細工までいかなかった。

鎧どもを囲んだそれは、急速に包囲を狭《せば》め、まさしく一網打尽《いちもうだじん》にしてしまったのだ。

「やった！」

もがきつつ、鎧どもは〈メフィスト病院〉の方へと歩き出し、その正門をくぐったとき、歓声と拍手が天地をゆすった。

「ふん、見ておれ」

こそこそと禿頭がつぶやいた。

地下へと続く傾斜路の上で、〝装甲人〟たちの足が止まった。指が針金を摑《つか》み、ねじ切ろうと角度を変えた。

「ぬはは、様《ざま》を見ろ」

のけぞって笑う禿頭が、今度はごんという音をたてた。ノリコが蹴《け》とばしたのである。

「ひええ、痛〜い」

喚《わめ》く禿頭へ、

「何かおかしいと思ったら、あんたがあれ操《あやつ》ってんでしょ。今すぐやめないと、ここから追ん出すわよ」

「ひええ、もうしません」

頭を抱《かか》えてペコペコする禿頭を睨《にら》みつけ、モニターへ眼を戻して、ノリコは、あら？　と真っ赤になった。

三〇インチスクリーンの向こうから、メフィストがこちらを見上げている。

「放送なんかしないでよ」

とノリコは呻《うめ》いた。

また一週間ばかり、恍惚《こうこつ》状態でうろつく〈区民〉たちが増殖するだろう。タクシーはうっとりと通行人を撥《は》ね、警官は官能の溜息《ためいき》をつきながら、犯罪者を射《う》ち殺す。

幸い、びえーんびえーんと泣き喚く禿頭の老人が、ノリコの意識を忘我《ぼうが》のエクスタシーから引き戻した。

「イタタタタ〜〜」

じたばたする身体を膝《ひざ》の上に腹這《はらば》いにさせ、

「さ、お仕置《しお》きよ〜〜」

ズボンとパンツを下ろすや、スパンキングの打撃音が生々《なまなま》しく、狭い一室に轟《とどろ》き渡ったのであった。


三体を特別治療房に収容して、一時間とたたないうちに、ある国の政府機関の人間が、メフィストの下《もと》を訪れた。

「ケマダ共和国外相、ルシアク・レンダキです」

と片手を差し出したのは、縮《ちぢ》れ毛に黒い肌、胡座《あぐら》をかいたような鼻と分厚い唇を備えた黒人女性であった。会話は流暢《りゅうちょう》な日本語だ。翻訳器を使っているのだろう。

「秘書のミランダ・カークでございます」

上司の後ろで白い歯並みをかがやかせたのは、こちらは別の血が混じっているものか、肌こそ漆黒《しっこく》だが、黄金時代のハリウッド映画で堂々の主役を張れるほどの美女だ。ケマダ共和国は、二年ほど前、アフリカ南西部に、軍部のクーデターで成立した共和国とは名ばかりの軍事国家だが、こんな女性を外務大臣に据《す》えれば、どんな条件も相手に呑《の》ませ、瞬《また》く間に大国へのし上がれるだろう。

遺憾《いかん》ながら、国のトップは切れそうだが、勘違《かんちが》いもはなはだしい。ドクター・メフィストの交渉相手が、二人とも女性とは。

「ご用件を伺《うかが》おう」

自分も名乗ってすぐこれだ。愛想《あいそ》もへチマもない。

二人の訪問者は、どちらも眼鏡《めがね》をかけていた。細めの洒落《しゃれ》たデザインだが、レンズに色もついていない。代わりに、かけた人間の網膜に映じる像は大きく歪《ゆが》む。外務省技術課が考案した〝B《ビューティフル》・F《フェイス》対抗レンズ〟——略してイケメン用レンズであった。

だが、メフィストと会って三〇秒としないうちに、二人の装着者は技術課員の甘さに呆《あき》れ返ってい

た。

「まさか……」

ルシアク外相は頭をふって眼鏡を外したが、遅かった。黒い肌は朱色を帯び、見てはならぬものを見てしまった罪を、全身の機能が一度に停止状態に陥《おちい》る刑で償《つぐな》いつつあった。

「やはり、無駄な試みだったわね、ルシアク」

メフィストと女性陣との関係を知る者、いや、単にメフィストと会った覚えのある者なら、驚倒《きょうとう》するに違いない。

この怜悧《れいり》なる声は!? この女はメフィストの魔法を撥ね返してのけたのか!?

「お初にお目にかかります、ドクター・メフィスト。私の秘書は、目下《もっか》使いものになりません。改めてご挨拶《あいさつ》させていただきます。ケマダ共和国外務大臣ミランダ・カークでございます」

これで、冷たい鉄のごとく、マシンのごとく挨拶をすれば、この女しかいないと誰もが思うだろう。

だが、正体を露《あら》わにした女外相の、メフィストに与える艶然《えんぜん》たる眼差《まなざ》し、やや腰をくねらせた媚態《びたい》と呼んでもいい物腰、これは国家の交渉役のトップたる大臣に、最もふさわしい資質の表われではないか。

だが、相手はドクター・メフィストだ。

それと知って、正面から官能の波動を送り込んで来る女——しかも、それが、一国の外務大臣ときては。誰もがこうつぶやくだろう。

正気か? と。

「不思議かしら、ドクター?」

とミランダは訊《き》いた。彼を見て動じない自分が、という意味だ。

メフィストは答えた。

「眼が見えないのか。透視能力者《クレアボワイアンス》か」

「さすがですわ。壁の向こうにあるものも、壁の中の仕掛けも、みいんな見通せるのが透視能力者。ですが、私はあまり出来がよくないらしくて、何ものもぼうっと曖昧《あいまい》にしか見えません。たとえば、時限爆弾の内部を透視して、精神感応者《テレパス》に伝え、分解してもらうなんて芸当は不可能です。ですから、ドクターのお顔もお姿もすべて霞《かす》んでいます。これ、強みになりますかしら？」

「お帰り願おうか」

それが、問いへの答えではないと知って、ミランダ外相は青ざめた。特殊能力ゆえに我知らず傲慢《ごうまん》な物言いになった。それがメフィストを怒らせたと思ったのである。

「失礼いたしました。私はただ――」

「用がない以上」

はじめて、ミランダは自分が肝心《かんじん》なことを忘れていることを悟《さと》った。

「――用件でございました。我が国でも、〝泡沫化《ほうまつか》現象〟が頻発《ひんぱつ》しております。すでに五〇〇人が消え、一昨日《おととい》、首相が泡と化しました」

「…………」

「で、お願いと申しますのは――ドクトル・ファウストを見つけ出し、抹殺《まっさつ》してはいただけないでしょうか？」

メフィストの冷ややかな眼差しが、さらに冷たさを帯びた。

「医者に殺人を依頼するか」

「いえ、殺害を求めてはおりません。ですが、魔術教程によれば、魔道士のかけた魔法を打ち破れば、すべてはかけた張本人に返って来る、と。私どもの願いは〝泡化病《ほうかびょう》〟の撲滅《ぼくめつ》であって、このウイルスを撒《ま》き散らした張本人の抹殺は、その結果と考えています」

「では――ただ見つけろと？」

「はい。後は私どもの手で」

「〝泡化病〟を治せというならわかるが、ドクトルをな。決定したのは、首相かね？」

「はい」

「動議の提案者は？」

「私です」

「思い切ったことをする。しかし、いきなりドクトル・ファウストを狙《ねら》い、その探索を私に依頼するとは珍しい」

「――師とお弟子であったとか」

「ほお、ご存じか」

「我が国は誕生して二年。いまだ人々は昔ながらの占いや魔術に頼って生きています。ミス・ヤンジェ・ローヴェアスをご存じでしょうか？」

「まだご存命であったか」

「北部山岳地帯の山中に庵《いおり》を結んでおりました。〝泡化病〟の正体と治療法を授《さず》けていただいた折に、お二人のお名前も」

「余計なことを」

「それで？」

外相は身を乗り出した。

「依頼は無益ですな。ドクトル・ファウストは目下、私の手で探索中だ。しかし、それに熱意を持てば持つほど我が師は遠ざかる」

「発見はできませんか？」

「無理だ」

こう答えてから、白い医師はじっと女大臣の顔を見つめた。他の女なら失神間違いない。

「何か手立てを？」

「協力していただけますか？　いえ、ドクトル・ファウストの探索に協力させてください」

「ヤンジェ・ローヴェアスか？」

「はい。探索術を教えていただきました」

「教えてもらえるかね？」

「喜んで。ただし、私も同行させてください」

「同行？」

「ドクトル・ファウストを私の手で捜《さが》し出したいのです」

「捜し出してどうする？」

「…………」

「殺すつもりかね？」

「…………」

「自《みず》らドクトルを捜す理由は？」

「申し上げられません」

「これでも弟子の身でな」

とメフィストは言った。

「我が師に危害をくわえんと目論《もくろ》む女を、おめおめと師の下へ同行するわけにはいかん」

「そこをご考慮ください」

ミランダは必死の声になった。

「こちらでの被害者数は不明ですが、我が国では刻々と増加しています。我が国の成り立ちはご存じないかもしれませんが、一国を維持していく人材は、あまりにも少ないのです。すでに首相の他に、国防大臣、文部大臣が消滅しています。副総理や産業通商大臣まで罹患《りかん》したら、我が国は一年と保《も》たずに崩壊の憂《う》き目を見るでしょう」

「私に任《まか》せたらどうだね？」

「それはできません。必ず私自身の手で探《さぐ》り出せと、ミス・ヤンジェの指示がございます」

メフィストはふと、眼を閉じた。

「どうかなさいましたか？」

ミランダが眉を寄せたのは、何か異常を感じでもしたのか？

2

その眼が開いたのは、数秒後のことである。

「どうなさいました？」

「ヤンジェから連絡があった。よろしく、とな」

「それは。でも、彼女、半月前に亡くなっています。あっちからですか？」

驚きの口調だが、思いもかけぬ連絡という意味で、方法についてのものではない。この外務大臣は、テレパシーや黒魔術が当たり前の国からやって来たのだった。

メフィストは答えた。

「師の居場所は君が見つけ出すとのことだ。任せよう」

　ミランダは自分を抱きしめた。

「よかった」

「だが、その分、防禦《ぼうぎょ》魔術は施《ほどこ》していないとのことだ。この街で真っ当な仕事以外をこなすのは、生命《いのち》懸《が》けになるぞ」

「〈魔界都市〉の意味は心得ています」

「ほお」

　メフィストの唇を横切ったのは軽蔑《けいべつ》の笑いであったろうか。

「では、我が師の捜索に出かけるとするか。夕食は外で摂《と》るとしよう」

　こう言ってから、こちらを凝視《ぎょうし》する外相へ、

「何か？」

「食事をお摂りになるんですの？」

　このとき、外相はさして気にも留《と》めず、〈新宿〉中の人間が知りたがっている事柄を尋《たず》ねたのである。

　メフィストは答えた。

「そう。たまにだがね」

　店には奇現象が蔓延《まんえん》しつつあった。

「えー、らっしゃい」

　と迎える禿頭の老人を見て、みな一様《いちよう》に立ちすくむのであった。

　当人は、何か？　というふうにニコニコしているが、客は何かおかしなものを感じるらしく、みな、

「また来るわ」

　と背を向けてしまう。ところが――

「まあまあ、せっかく来たんだから」

　と襟首《えりくび》をひっ摑んで、さっさと部屋まで引きずって行き、

「あらよ」

　放り込んでしまうのだ。

　それから、はい、ミチコちゃん、蘭子《らんこ》ちゃんと勝手に指名して、女の子も追いやる。当然、トラブル

になりそうだが、何故《なぜ》かそれは起こらない。

客たちは充分な所要時間を過《す》ごしてから、淡々と現われ、料金を払って淡々と帰って行く。

あの女は趣味じゃないとか、サービスが悪いぞとかのクレームや言いがかりも一切《いっさい》ない。

女の子たちも呆気《あっけ》にとられて、

「やることはやるんだけどさ、何か醒《さ》めてるのよね」

「こっちも頑張ってるうちに仕事を越えちゃうんだけど、ここ何日か仕事のままよね。何かおかしいわ」

こんな訴えを聞いて、ノリコは頭を抱えた。

客数は減っていない。収入も変わらずだ。しかし、風俗店として、何処《どこ》かおかしい。つまり失格だ。

いつもやって来る常連の変態が平凡にこなして帰って行ったと知ったとき、ノリコはついに爆発した。

禿頭を呼びつけ、

「助けてやったのに、どういうつもりよ？」

「は？　客の数が減ったかの？」

「…………」

「昨日、今日と、ひとりも減っていないはずだぞ」

「そういうこっちゃないのよ。スケベ店がスケベじゃなくなったと言ってるの」

「すると、客がスケベになればいいのか？」

「そうよ」

「任しておけ」

「えーっ!?」

禿頭は、ひょいと外へ出て行った。

雑居ビルの戸口に出て、まず首をひねった。

「〝招春剤《しょうしゅんざい》〟のつくり方はと――九〇〇一番から九九九九番まで、どれがいいか。一番間違えると、この街全体が色情狂の巣になってしまうぞ、ふむ」

少し考え、

「やはり九六七八番だな。では、材料の調達に行くか」

彼は、ノコノコと人混みの中へ出て行った。

「ちょっと何処行くのよお」

マチはうんざりしたような声を上げた。

二メートル前の路上を、早足で進むしげるがふり向いて、にやりと笑った。

「薬集めだ」

「薬？　また危《やば》い〝ボケ薬《やく》〟をこしらえて売るの？　それでパクられたんじゃない」

〝ボケ薬〟とは、服用した人間の思考を一時的に停止させる麻薬《ドラッグ》のことである。素人《しろうと》でも簡単に調合できる分、効果も薄く生命《いのち》に別状はない。しげるは面白半分にそれを自作し、勝手に売りさばいて逮捕された過去がある。軽い懲役《ちょうえき》で済んだが、そっち関係の組に眼をつけられ、実はかなり危険な状態にある。今度やらかしたらまず生命はない。

「安心しろ。おまえたちが作るような安物に興味はない」

この言い草と別人のような精悍《せいかん》な表情で、

——あいつだ
とマチは確信した。部屋を出たときからおかしいと思っていたのである。確信が持てた。

——何て言い草よ
内心憤慨《ふんがい》しているものの、すぐに熄《や》んだ。実は彼氏に取り憑《つ》いたこの男が、さして憎くはないのである。しげるよりは、はるかに悪そうだが、同時にはるかに男らしく、やることなすことキビキビして頼もしい。どう見ても自分としげるを小馬鹿にしているふうなのに、頭にきてもすぐ沈静化させてしまうだけの魅力があった。

二人は〈歌舞伎町〉にいた。

取り憑いた奴《やつ》は、二人以上に〈新宿〉に詳しいらしく、さっさと進んで行く。さっき、地廻《じまわ》りと肩が触《ふ》れ、このヤローということになったが、相撲《すもう》取りみたいな大男が、彼が睨みつけると、こそこそと逃げてしまった。外見はともかく中身が違うとここまで差が出るかと、マチは唸《うな》ったものである。

しかも、彼が足を止めたのは、〈旧区役所通り〉をはさんだラブホテル街の、古くからあるが、さして目立たない一軒の前であった。一段低い戸口へ続く階段の両側に植込みがある。

マチも三メートルほど離れて立った。しげるはこちらを見て手招きした。その仕草があまりに自然なので、マチはこちらも自然に肩を並べてしまった。

「ここが、薬の問屋？」

「そうだ。二〇二号室にピゲロって奴がいる。人知れぬ麻薬の製造元にして売人だ」

「嘘《うそ》〜〜」

言った途端、いきなり手首を摑まれた。

「えっ!? 今から？」

と眉をひそめると、

「勘違いするな。いいから来い。ひとりじゃ疑われるばかりだ」

「そりゃそうだけどさ——幾らくれるの？」

「何だ？」

「お金よ、ゼニ、報酬《ほうしゅう》。今のあんたはしげるじゃないのよ、赤の他人よ。ホテル入るんならお金貰《もら》うのが筋でしょ」

「そういうものか」

「意外と世の中に疎《うと》いわねえ」

「幾らだ？」

「これくらいかな」

三本指を立てた。

「こいつは持っていない。後払いだ」

「じゃ、行かない」

手をふりほどいて、マチは道の真ん中に逃げた。

「おい」

しげるが歯を剝《む》いたとき、通りかかってにやにやとこちらを見ていた労働者ふうの二人が、

「おい、姐《ねえ》ちゃん、喧嘩《けんか》かよ」

「何なら、おれたちとどうだい？」

野卑《やひ》な声をかけて来た。

「うるさい」

頭へ来てやり返すと、二人は顔を見合わせ、にやにや笑いをいっそう下品に崩して近づいて来た。

「威勢がいいねえ。惚《ほ》れちまったぜ」

「来いよ、な？」

伸ばして来た手首が、ぐいと摑まれるや、ひとり目は縦に廻る独楽《こま》みたいに回転して、アスファルトに落ちた。手首の砕《くだ》ける音がした。

「この野郎」

二人目が腹を押さえた。

ぐいと上体を反《そ》らし、前にのめりざま息を吐いた。息は炎であった。

その先は、いま仲間を叩《たた》きのめしたしげるに届いた。

男が超能力者や憑依《ひょうい》人間だったわけではない。これくらいの〝隠し芸〟なら、〈歌舞伎町〉の大道芸人から、一時間でマスターできる。

しげるは炎から横へ跳《と》びざま、右手をふった。炎を突き破った小石は、がっと労働者の顔面にめり込み、彼は空中へと炎の噴水を吹き上げながら、仰向《あおむ》けに倒れた。

しげるは素早くもう一発、手首を押さえて呻く男の顔面に叩きつけてから、二人を植込みの陰に引っ張り込んだ。

何をするのかと眉をひそめるマチの眼の前で、労働者のズボンの尻ポケットと、胴巻きの中から財布を取り出し、中身だけ抜いて、ジーンズに押し込む。

「ほれ」

マチに突き出した手には、それもいつ抜いたのか三枚の万札が握られていた。

「あ、どーも」

と受け取り、

「ちょっと、早いとこやることやっちゃわないと危ないわよ。眼を醒ましたら、仲間か警察を呼ぶわ」

「よし」

もう一度、マチの手を摑んで、しげるはホテルへ入った。後から来た客は植込みの陰で血反吐《ちへど》を吐いている労働者を見て、眼を丸くするだろう。

壁に貼られたでかいパネルに、部屋の画像と料金一覧が、ずらりと並んでいる。

殆《ほとん》どが空いているが、二〇二は画像自体が存在しなかった。

しげるは二〇三を選んだ。

エレベーターを降り、並んだドアのナンバーを確認した。「201」の次は「203」であった。

「ないわよ、202なんて」

胡散臭《うさんくさ》そうなマチへ、

「どうしてないと思う？　一三号室でも四号室でもない。ゲンかつぎは該当しないぜ」

「でも、ないじゃん。ない部屋へは行けないわよ」

「おまえ、本当に〈区民〉か？」

鼻の先で笑い、しげるは二〇三号室へ入った。カード・キイである。

マチもすんなり従った。前金で貰っている。

部屋へ入るや、いきなりベッドへ放り出された。

きゃあと起き上がろうとするところを、のしかかられて、両手も押さえつけられた。

「いきなり、何すんのよ、変態」

罵《ののし》る唇は塞《ふさ》がれた。

——あら？

内心、眼を丸くした。いつものしげるとは天と地ほども差があるキス・テクではないか。ま、違うのが当たり前だが。

舌が吸われた。またその吸い具合が、

「あ……あ」

抑《おさ》えきれなかった。このまま裸に剝かれても、もう抵抗はできないだろう。だが、その前に——方法がひとつあった。

「手を……放し……て」

喘《あえ》ぐように言った。少し演技が混じっていた。

こっちのしげるは、自信満々らしかった。両手は自由になった。

右手の腕時計を、マチは見つめた。

コンタクト・レンズにプリントした指令システムが、戦車型の飾り時計のセンサーへレーザー信号を送るや、マチの用心棒は行動を開始した。

戦車はM3エイブラムス。少し前に制式採用されたアメリカの主力戦車《メイン・バトル・タンク》だ。一ミリ・ジャストに縮小された一二〇ミリ滑腔砲《かっこうほう》が、砲塔とともに旋回《せんかい》する。

マチは喉へ舌を這わせるしげるの、背中の一点を凝視《ぎょうし》した。

「射《シュート》て」

まず常人には聞き取れない低声の発射命令を、眼球指令システムは腕時計へと送った。

ぱん、と耳を澄ましてやっとの発射音に、小さな炎をおまけにつけて、ゴミのような砲弾は、時速三六〇〇キロ――マッハ三の速さでしげるの背をかすめた。

驚くべきことに、しげるは発射と同時に身を翻《ひるがえ》したが、遅かった。

ミニチュア・キットの砲弾はしげるの背中をかすめて向こうの壁にめり込んだ。親指の先くらいの穴が開き、爆煙と炎が上がったが、すぐ消えた。

しげるの背は燃えていた。上衣《うわぎ》だった。

ベッドの向こうから、マチの右腕を見た。そっちから発射音がしたと感知したのである。

「そういや、部屋のあちこちにプラモがあったな。子供向きにしちゃ危なくねえか？」

感心したふうなしげるへ、

「そうよ。急所に当たれば死ぬわ。一応、大砲だし。弾丸は一〇〇発出るし」

「わかった。一時休戦だ」

「信じらんないわね。なぜ、やらしいことすんのよ？　それが目的で来たんじゃないんでしょ？」

「二〇二のドアを開けるには、男と女の熱いシーンを聞かせるに限るんだ」

「まさか――大体ラブホテルに住む薬剤師なんて、聞いたこともないわよ。あんたのモーソーじゃないの？　モーソー」

マチは右手を前へ伸ばした。米軍主力戦車の一ミリ砲塔もそちらを向く。

「そんなやさしい手段使うより、この方が早いわよ。向こうが二〇一号だから、二〇二はその間ね」

「おい、よせ」

「うるさい」

つつましい炎が上がった。

壁面が小規模に吹っとぶ。

顔をしかめたしげるが、

「無茶しやがる。〈新宿〉の女は、みなこうか？」

「ふん、だ」

とマチが応じたとき、壁の向こうから、

「うるさいぞ」

低い地鳴《じな》りのような嗄《しわが》れ声が響いて来た。

3

「出たぞ」

しげるが部屋をとび出し、マチも後を追う。

部屋は確かにあった。２０１と２０３の間に、２０２とプレートを貼りつけた同じドアが。

チャイムを鳴らすと、

「お入り」

二人はドアを開いた。

内部は異様に広かった。何処かでエアコンらしいモーター音がした。

薄明《はくめい》の空間は、何処を見ても視界は行き止まりの壁を映さず、古い木の棚とそれを埋めた大小の石の壺《つぼ》や木の函《はこ》を網膜《もうまく》に結んだ。

いかにも薬――という匂いが鼻を刺した。不快な匂いではなかったが、何かと訊かれても、答えられそうになかった。

部屋の中央に大きな木の丸テーブルが置かれ、古風な天秤《てんびん》が幾つも並んだ間に、色とりどりの薬瓶《くすりびん》や紙包みが無造作に放り出されていた。

テーブルの向こうで、柿色のフード付きの長衣を着た人物が、長いスプーンで、濃緑の瓶から、白い粉末をすくい出したところであった。

声をかけてはまずいと本能的に悟って、視線だけを送っていると、彼は手もとの大きな石壺に、スプーンの中身を放り込んだ。

ぶわ、と虹色の炎が上がった。

「ふむ！」

満足そうに炎を見つめてから、フードの人物は二人の方を向いた。

「何の用だ、やかましい」

男とも女ともつかぬ声であった。発音に問題はないが、この国の人間じゃないなとマチに確信させるものがあった。フードの中身は——確かに顔の形をしているのに——黒い闇が広がっていた。

「調剤師ピゲロ」

としげるは呼びかけた。

「おれはアリフ・ベイ。CIA付きの魔道士だったが、今は死んでこの若いのに乗り移っている」

「ほお——ま、珍しくもないが、その娘の喘ぎ声に免じて話を聞いてやろう。用件を言いな」

「ある人物を捜してる。そいつを見つけ、ついでに捕まえるための薬が欲《ほ》しいんだ」

「相手は？」

「ドクトル・ファウスト」

ピゲロの手からスプーンがテーブルに落ちて、硬い音をたてた。

「帰ってくれ」

「おい」

「相手が悪すぎる。あいつがのして来たら、もうおしまいだ。〈新宿〉だって無事には済まん」

「〈新宿〉だけの話じゃねえ。世界が危ねえんだ」

「〝泡沫化現象〟だな。やっぱり大物が隠れていたか」

「早いとこ何とかしねえと、世界中の人間が泡になっちまう。力を貸してくれ」

ピゲロは黙ってしげる＝ベイの顔を見つめ、

「目的は何だ？」

と訊いた。

「世界を救うためだ」

「調剤師でも占いくらいやる——高邁《こうまい》な目的を抱《いだ》く顔じゃないな」

「おれもそう思う」

しげるは認めた。実際はベイだ。マチは頭へ来た。日頃から、どう見ても大物にはなれっこないモッサリ男だと思ってはいても、天賦《てんぷ》の造形力があるから一緒にいる。それを勝手に取り憑いた奴に罵られる筋合いはないだろう。

「しかし、こうなった以上、この身体で手を打つしかない。薬をよろしく頼む」

「嘘つきは嫌いでな」

とピゲロは言った。

「あんまりそういう奴が多いから、このホテルの一室で暮らすことにしたのだ。帰れ帰れ」

「わかった。理由は二つある。ひとつはいま流行中の〝泡沫化現象〟——それを防ぐには、泡と化す寸前に、そうなる肉体を奇怪な装甲で防ぐ必要があるのだ。しかし、それを使われると、おれの目的が果たせなくなってしまう。従って一刻も早く〝泡沫化現象〟を造り出した元凶をとっ捕まえて、その企《くわだ》てを中止させなくてはならん。二つ目は、その元凶——ドクトル・ファウストを拉致《らち》して、〝泡沫化現象〟のノウハウを手に入れる——まさしく、世界を掌中《しょうちゅう》に収め得る大患《たいかん》だ」

「何を考えてるのよ、あんたは⁉」

想像もしていなかったしげる、否《いな》、ベイの言葉にマチは眼の玉がとび出しそうになった。桁外《けたはず》れの悪霊が取り憑いたなと思ったが、やはりしげるの姿形を目《ま》のあたりにしていると、あまり突拍子《とっぴょうし》もない

ことは考えつかないものだ。この冴《さ》えない兄《あん》ちゃんが、世界征服を企《たくら》んでいたとは⁉

「久しぶりに面白い注文主に会った。誤解するな、久しぶりだと言っているだけだぞ。この年齢《とし》になるまで、数えきれぬ依頼主と依頼内容の中で、おまえと同じ望みを打ち明けた奴は、海岸の砂粒ほどもいる。それも今は夢よ。たまさか訪れて来る客どものの依頼は、祖父祖母父母《ちちはは》夫と女房の毒殺――どんな検査をしても分析不可能な薬を頼む――これだけだ。クレオパトラ、チェザーレ・ボルジア、ブランヴィリエ侯爵夫人、グレアム・ヤング、目当ては遺産と浮気への憎悪だ。よかろう、探査薬を調合してやる――と言いたいところだが、相手が悪い。ドクトル・ファウストでは真っ平《まっぴら》だ。無関係を選ばせてもらおう」

「金はアメリカ政府から好きなだけ出るぞ」

「これだけ年齢を重ねても、まだ生命は惜しいのでな。帰れ」


と睨みつけた眼が、大きく動揺した。マチを捉《とら》えたのだ。

「その娘――喘ぎ声の主だったな？」

「そうだ！」

しげる＝ベイは復活した。

「あんないい声も久しぶりに聞いた。ふむ、その娘を渡せ。一日自由にさせてくれれば、一日分の探査薬をくれてやる」

しげるがこちらを向いた。ベイの眼であった。マチは冷水を浴びたような気がした。

「勝手なことを言わないでよ。あたし帰る」

ドアに走ってノブを摑んだ。力まかせにゆすってもビクともしなかった。

「この部屋はもともと存在しない。ドアも同じだ」

「開けてよ」

「どうする？」

とピゲロが訊いた相手は、しげる＝ベイであった。彼は何気ない言い方で、

「一日だけ我慢しろよ」

と言った。

「うるさい！」

マチの右手が火を噴いた。小さな砲弾は薬棚のひとつに小さな小さな穴を開けた。何が入っていたのか、棚全体が爆発した。

自分でも呆然《ぼうぜん》となるマチにしげる＝ベイが走り寄って、首すじをつまんだ。

神経麻痺《まひ》を起こして崩れる身体を抱き起こし、

「一日だけだぞ」

としげる＝ベイは念を押した。

「結構だ」

うなずくピゲロは、もう薬瓶の蓋《ふた》を開けている。

「しかし、その女に生命を捨てさせる魅力があるとは思えんが」

しげる＝ベイは首を傾《かし》げた。

「おまえはまだ若い」

とピゲロは自分を指さし、

「これくらいの年齢まで生きれば、女の見方がわかるだろう」

「そんな暇はねえんだよ。とにかく預ける。さっさとしてくれ」

一〇分とたたないうちに、赤白の粉末が混じり合った妙な味の粉薬を服用したしげる＝ベイが戸口を抜けると、ピゲロは、テーブル横に置いてあるベッドにマチを横たえた。

「何年生きてきたことか。その挙句《あげく》、ようやくわかったのが、長生きのための最高の薬は若い女体といううだけでは、やれ情けない。しかし、この女――どんどん淫気《いんき》が活性化している。いや、素晴らしい。ドクトル・ファウストに殺されても文句は言わんぞ」

そして、ピゲロはマチのブラウスのボタンを外しはじめた。灰色の老人斑《ろうじんはん》が浮き出た醜《みにく》い腕は、期待に震えている。

そのとき、彼はベッドの上から上昇する明らかにターボシャフト・エンジンの響きを聞いた。

それはマチの腰——ベルトに装着したパウチのあたりから舞い上がったのである。

「え？」

訝《いぶか》しげに音の先を追った黒い顔は、全長一〇センチにも足りないプラモ・ヘリを認めた。

「〝コブラ〟か」

ＡＨ—１〝コブラ〟、ベトナム戦争に投入された世界最初の攻撃ヘリは、今でも世界トップ・クラスの戦闘能力を誇っているが、これはその数百分の一にも満たぬプラモだ。しかし、攻撃能力も一〇〇分の一ではないことは、Ｍ３エイブラムス戦車が証明している。ただ——ピゲロはそれを知らなかった。

彼は眼前に浮かんだヘリに一瞥《いちべつ》を与えるとすぐマチへの淫行を開始した。ブラウスを外し、豊かな乳房とそれを守る黒いブラが現われた。

「ぐふふ」

野卑な笑いがフードの闇から洩《も》れた。

ブラをずらし、彼は若い乳房を吸いはじめた。

マチが、喘ぎはじめたのは数秒後のことであった。〝コブラ〟の攻撃が開始されたのも数秒後のことであった。

機首下部にセットされた二〇ミリ機関砲の口径は一ミリもない。しかし、そこから放たれる弾丸はまさしく実弾であり、拳銃弾——二二口径弾——で射たれたような痛みを与えるはずであった。

だが、弾丸は顔形の闇に吸い込まれたきり、フードの後部へも抜けなかった。

〝コブラ〟は降下し、目標の胴体を狙った。

左右にせり出したパイロンから針先ほどのミサイルが小さな炎を噴きつつ、ピゲロの胸と鳩尾《みぞおち》に吸い込まれた。

今度こそ地獄の苦痛が調剤師を襲った。ママゴトのようなミサイルは、彼の肺と胃を吹きとばしたのである。

「おのれ。おのれ〜」

呪《のろ》いの叫びを上げながら、彼は必死にテーブルまで戻り、青緑色の瓶の蓋を取った。

ヘリは迫って来る。人形のパイロットには、いきなり浴びせられた液体の種類も躱《かわ》す手段も思い浮かばなかった。

液は強烈な溶剤であった。プラスティックのヘリは空中で溶解し、水しぶきを上げながら床へ落ちた。

同時にピゲロも倒れ、手放した瓶は床の上で砕け、火を噴いた。火は床上の木函や瓶に燃え移り、次々に誘爆を生じさせた。

数千年を生きた主人の死とともに、その住居も終末の時を迎える運命らしかった。

炎はベッドのマチにまで迫った。

まさか——チャイムが鳴るとは。

そして、ピゲロ以外の誰も開けられぬはずの二〇二号室のドアが、大きく開いたのであった。

戸口で立ちすくみ、

「何よ、これ⁉」

と絶叫を放ったのは、抜群のプロポーションを真っ赤なスーツに包んだ女だった。

Part6　陽気な逃亡者

1

「ここだ」

五人の男たちがそのビルを見上げた。

「『愛のマッサージ・そよ風』——ふざけたところに身を隠しやがって」

ひとりが吐き捨てると、もうひとりがちらと細い通りの向こうに駐車したタクシーをふり返って、

「〈新宿〉に少しは慣れているらしいが、ロシアのお偉いさんのやることたわからねえ。禿頭《はげあたま》の爺《じい》さんが、チンピラにヤキ入れられて、この店に引っぱり込まれたのを、わざわざ〈新宿〉上空に浮かべた偵察衛星でお見通しだったんだからな。そんなものひとつ浮かべるのに何十億かかると思ってるんだ？」

「しかも、バレたら〈区〉に回収されちまうしよ。それだって何代目が廻《まわ》ってるんだかな」

と三人目が言った。

「アメリカ、ロシア、イギリス、ドイツ——〈魔界都市〉の上空は世界中の光る眼が廻ってるってわけか」

「とにかく行くぞ。アメリカのお偉いさんがこっち見てやがる」

ひとり目——リーダーのひと声で、男たちはビルの戸口に向かった。三人が入り、二人が残って正面と裏の戸口へ廻る。

五分たった。

タクシーの客たちは、五階の窓を見上げていた視線を、お互いの顔に向けた。

「失敗したな」

とベルセンコ外務大臣が溜息《ためいき》をついた。

「予想どおりです。相手はドクトル・ファウストですぞ」

とグリムイコ防衛担当相が、悠然《ゆうぜん》と返した。スーツの襟《えり》についた盗聴防止装置のせいで、運転手には聞こえないが、聞いても世間話としか思えなかった

ろう。

「なぜ、最初からうちのスペツナズを呼ばなかったのかね？」

「彼らより、あいつらのほうが〈新宿〉では腕利《き》きだからです」

「我がロシアの誇る特殊部隊のエリートだぞ」

「〈新宿〉では地理と多少の危険物の知識がある程度の武装集団にすぎません。この街で戦うには、一年以上の居住体験が必要と、クレムリンのマザー・コンピュータが証言しました」

「その辺のチンピラやくざでも、無知なスペツナズよりマシなわけか？」

「仰《おお》せのとおりで。あっ、見張りが中へ入りましたよ、たぶん、裏口の奴《やつ》も」

「あと五分か」

「ダー」

「お客さん方」

運転手が護符《ごふ》を貼りつけた防弾ガラスの向こうで、酒瓶《さかびん》を持ち上げた。

「まだかかるなら、一杯飲《や》るかね？」

「ありがとう」

とグリムイコが瓶のラベルに眼を走らせ、

「ケンタッキー・バーボンか。資本主義の象徴だ。近所に酒屋はあるかね？」

「へえ」

グリムイコは、ガラスの下を叩《たた》いた。一部分がシートの内側に下がって出来た支払いスペースに、一万円札を押し込み、

「スピリタスを一本買って来い。あれこそロシアの飲みものだ」

「スピリタス・ウォッカならポーランド生まれだ。祖国じゃウォッカと認められてませんぜ。あれはスピリタス・レクティフィコバニ類に分類されます」

ロシアの大要人二人は顔を見合わせ、それからゆっくりと、赤ら顔の運転手を見つめた。

「〈新宿〉の運転手は、みな酒に詳《くわ》しいのか？」

とグリムイコ防衛担当相が苦々《にがにが》しげに訊《き》いた。

「常識だよ。ついでに言っとくと、ロシアじゃアルコール成分九六パーセントのスピリタスが最高だが、ここじゃ、もうお国で作ってない九八パーセントのが売りまくられてますぜ」

「…………」

「どっちにします？」

「九八パーセント」

「へいへい」

運ちゃんが出て行くと、ベルセンコ外相は、

「大使館のリムジンではなく、この街のタクシーを使えと言ったのは君だ。昇進願を出しておこう」

「どーも」

と防衛担当相が重々しくうなずいたとき、窓ガラスが叩かれた。

太い消音器《サプレッサー》と銃口が左右から二人に狙《ねら》いをつけていた。持ち主の顔を見て、

「中国人どもめ。陳鯨任と貪雷光の手下だな」

「そのとおり」

密閉した車内に、北京語が鳴り響いた。男たちを押しのけて、国際会議の席上で何十回となくやり合った顔が二つ、ニイハオと片手を上げた。

「いい年齢《とし》した駐日大使と書記官が、友好国の特使に銃を向けるとは——恥ずかしくないのか？」

ロシア語の問いに、

「時間の問題あるね」

と北京語が答えた。

「あなたたちが私たちを見つけたら、きっと同じことしていたでしょ」

「ああ、そのとおりだよ、大中国殿。で、おたくもあれか？『愛のマッサージ・そよ風』だと、偵察衛星で気がついたのか？」

「左様《さよう》。悪いが、ドクトル・ファウストはうちが頂《いただ》きます。あなた方はウォッカでも飲んで憂《う》さを晴らすとよろしい」

「おたくは老酒《ラオチユウ》で乾杯か。だが、そうはうまくい

かんぞ、ま、しっかりやってくれ」

中国の要人たちはにこやかにうなずき、消音器を向けている男たちの肩を叩いた。

「ちょっと」

グリムイコ大臣が声をかけ、

「乗り込むのは、彼らかね？」

「我が軍の最高特務機関『乱竜《ランロン》』の精鋭あるね」

「それはそれは——物を知らん上司だな——いや、何でもない、しっかりやりたまえ」

黒いオーバーコートとソフト帽の男たちは、これも二人を残してビルの玄関に消えた。

中国の大物たちも、少し離れたところにパーク中のリムジンに向かった。大使館のさし廻しだろう。

五分経過。

「あいつらも行きますよ、ほら」

グリムイコ防衛相の声を合図に、待機中のひとり——と裏口のひとり——も、戸口に消えた。

「そして、グッドバイ、いや、再見《ツアイチエン》か」

窓が叩かれた。戻って来た運転手が、九八度の瓶を掲《かか》げた。窓を開けると、ハローと笑いかけた。

車内へ戻って、陳大使と貪書記官は自信満々で、特殊部隊員の帰還を待った。

三分で片をつける——隊長の豪語を二人は信じていた。

五分たった。見張り役も姿を消してまた五分。

顔を見合わせたとき、戸口から小柄な人影が現われた。

メフィストとミランダがビルの前に到着したとき、まず眼に入ったのは道をはさんでパークしたタクシーとリムジンであった。

タクシーの車内には誰もいない。内部にはウォッカが、リムジンの内部には老酒の瓶が残っていた。

「やられましたわね」

とミランダが眼を閉じて、自国の祈りの言葉を口にした。彼女の国には死者への敬虔《けいけん》がまだ残っているのだった。

「わかるかね？」

「呪力《じゆりよく》の名残《なごり》が漂《ただよ》っています。ドクトル・ファウストでしょうか？」

メフィストは身を翻《ひるがえ》した。

小さなエレベーターで五階まで上がった。

「愛のマッサージ・そよ風」と記《しる》された電飾《でんしよく》看板の隣のドアを開けた。

三和土《たたき》を上がって右方にソファを二つ向かい合わせにした待ち合い空間《スペース》があり、その前を奥へと廊下が走っている。待ち合いスペースの向かい側が受付で、左側のドアにオフィスと書かれたプレートが付いていた。

二人の眼は、受付の前に立つ男の背中に集中した。

ぼんやりと廊下の奥を向いている。力のかけらも感じられなかった。

「あの」

ミランダが声をかけても突っ立ったままだ。

ふわりとメフィストが廊下へ上がった。その気配を感じたものか、男はふり返った。メフィストを見た途端《とたん》、眼を剥《む》いて、しげるの顔は、恍惚《こうこつ》に溶けた。

「ド、ドクター……」

「何をしている？」

「……チェンジ……したんです」

しげるはぼんやりと言った。

「おれの中にいる奴が……ここまで来て……ちょっと前に急に……」

「いなくなった、か。ドクトル・ファウストは何処《どこ》にいる？」

しげるはもう一度背を向け、廊下の奥を指さした。

「五号室に」

メフィストは滑《すべ》るように走って、ドアを開いた。

「ほお」

と口を衝《つ》いた。

男と女がいた。全裸であった。そして、ひとつに溶け合っていた。乳房も腕も腰も腿《もも》もセックスも、妖《あや》しく熱くとろけ合って、二人は真の絶頂を際限なく貪《むさぼ》り合っているのであった。

次のドアを開いた。同じだった。風俗店「愛のマッサージ・そよ風」の全室は、魔に冒《おか》された。しかし、尋常《じんじよう》な男と女では決して味わえない禁断の法悦《ほうえつ》の妖春宮《ようしゆんきゆう》と化しているのであった。それがファウストが言う九六七八番の成果か。

「おらんよ」

ファウストの声は、背後でした。しげるが呆然《ぼうぜん》と立ち尽くしている。声はその口から洩《も》れ出たのだった。

「いい塒《ねぐら》だったが、アメ公やロスケどもがうるさくなってきたので、出て行く。ま、ゆっくり捜《さが》すがいい。そのおネーちゃん、別嬪《べつぴん》だな」

「ケマダ共和国のミランダ・カーク外務大臣です。ミス・ヤンジェ・ローヴェアスから、〝泡沫化現象〟の元凶は、あなたの妖術と聞きました。今すぐ中止してください。我が国は壊滅の危機に瀕《ひん》していま
す」

声にも、表情にもとまどいがあった。相手はしげるなのだ。

「さよか」

しげるは、両手で喉《のど》のあたりを押さえた。ファウストの声は勝手に迸《ほとばし》っているのだ。

「だが、いったん始めたことを中止するのは、生き方が許さん。ま、早いところわしと会って説得するか、殺すかするがいい。わしはもう少し、〈新宿〉を楽しませてもらおう」

「ドクトル・ファウスト」

メフィストが呼びかけた。

「おお、愛弟子《まなでし》よ」

「このままでは、私があなたを斃《たお》さねばなりませ

ん。丸く収めることはできませんか？」

「できんな」

「なぜ、こんなことを？」

ミランダが堪《た》えられなくなった声をふり絞った。

返事はなかった。しげるが眼を見張り、両手を下ろした。

「次は何処に？」

よろめき崩《くず》れるのを放置して、ミランダが、すがるようにメフィストを見つめた。

「一度だけは探《さぐ》り当てたが、次は不可能だ。向こうからお出まし願わなくてはならんか」

ここで口元を薄くほころばせた。

「アメ公とロスケか――彼らもここを探り当てたらしい。考えられる手はひとつ――偵察衛星だ」

ミランダが、あっと洩らした。

「〈新宿〉全体を二四時間カバーする衛星ならば、ドクトル・ファウストが一歩外へ出れば必ず情報として残す。次の目的地は出来た」


しげるなど無視してドアの方へ歩きかけ、ミランダがふり返って、

「あなた――どうやってここへ？」

「よく覚えてねえ。何か、ラブホで、薬をこしらえてる奴から」

「ここを探り当てる薬を服《の》んだか――」

メフィストが、その腕を取った。

「効果はまだ残っているか？」

「わからねえ――確か――一日だけとか――そうだ、マチを置いて来たんだ。いけねえ、戻らねえと」

「その前に付き合いたまえ」

メフィストが言った。こういうときは、血も涙もなくなる。

「やだ。どけ」

二人を押しのけてドアノブを掴《つか》み、そこで、前のめりにドアにぶつかった。

その首すじに触れた人さし指を放し、

「お互い、人類のことを考えるとするか」

と白い医師は、魔性《ましょう》ともいうべき笑《え》みを口元に乗せた。

2

「ドクター・メフィストのリムジンは、目下《もっか》、〈大久保通り〉を〈若松町《わかまつちょう》〉方面へ疾走《しっそう》中であります」

コンピュータの声が耳の中で鳴っている。

「攻撃はかけられるな?」

「問題ありません」

「よし、〝固定照準〟にロック・オンした上で、レーザー砲攻撃をかけろ」

「了解」

リムジン=ロールスロイスの車内では、妖しい尋問が続けられていた。

どうしても、恋人を救いに戻ると言い張るしげるへメフィストが手を伸ばしたところへ、ミランダが止めた。

「私に任せていただけませんか」

と美しい外務大臣は艶然《えんぜん》と微笑《ほほえ》んだ。その笑みがしげるに向けられていた幸運に気づかぬまま、彼女は若者の顔に手を乗せた。

「ドクター。よろしくて?」

訊くと同時に、黒いガスともガラスともつかぬ物質が二人の周囲に張りつめた。

「暗黒物質《ダーク・マター》だ。宇宙の半分はそれで出来ているといわれる。これで一切《いっさい》の邪魔は入らん。ただし、一〇分以内に手腕を発揮してくれたまえ」

「承知いたしました」

黒い壁の向こうから聞こえる女外相の声は、妖しい熱を帯びていた。

「お珍しいですな」

運転手が声をかけた。これも珍しい。

「先生なら一〇秒で済むところでしょう」

「一秒で済むがね」

世界が白熱したのは、その瞬間であった。

〝固定照準〟――一ミリの狂いもなく3D座標に固定されたリムジンは、他に一切の被害も与えることなく、レーザーの拡大照射の中に灼熱《しゃくねつ》し、原子に分解されるはずであった。


「攻撃失敗」

「馬鹿な。レーザーは命中したぞ」

「透過も焼却も不可能な物質が、車体を覆《おお》っています。レーザーはすべて吸収されてしまいます」

〈元噴水広場〉に建つ「ホテルウイング」の一室で、駐日大使館付きCIA局員のレックス・ハーパーは怒りの拳《こぶし》をノート・パソコンのディスプレイへ叩きつけた。

同時に画面は黒い闇に沈んだ。拳の結果ではない。すぐに浮かんだ文字は、

「偵察衛星7099応答及び反応なし。破壊されたものと認む」

「おんどりゃあ《FUCK YOU》」

喚《わめ》いた途端にディスプレイは赤熱《せきねつ》した。

「飛行物体接近中、到達まで三秒」

「わわわ」

ハーパーは一気にドアへと走った。心臓は停止し、髪の毛は逆立《さかだ》っていた。

三秒後、窓ガラスを突き破って突入したリムジン発射用ミサイルは、この部屋の内側のみを焼き尽くした。


しげるは喘《あえ》ぎながら、快楽の熱泥《ねつでい》の中をのたうち廻っていた。ミランダの唇は強くねじ切るように重なり、しげるが求めると遠ざかった。舌はしげるのそれの根本まで絡《から》み吸い上げ、しげるの動きを躱《かわ》してその先端を巧《たく》みに執拗《しつよう》に弄《いら》った。

女の手が蛇のように自分のものに巻きついて、締め上げ、しごき続けるのを、しげるは受け入れ、貪

った。たちまち訪れた限界に、放とうとすると、指は先端を軽く押さえて食い止め、甘く淫《みだ》らな声が鼓膜《まく》にこう囁《ささや》くのだった。

「ファウストは何処にいるの？　知っているんでしょ。教えてくださらない？」

「駄目だ……先にマチのとこへ……行かなくちゃ……連れてってくれ。それまでは……絶対に……教えねえ……ぞ」

「そんなこと言わないで……素敵な恋人さん」

ミランダ外相の弄いも熱く淫らであった。任務の異常さが、本来厳格《げんかく》な気性《きしょう》を歪《ゆが》め、そこに〈新宿〉の魔気ともいうべきものが加わって、彼女を一匹の牝獣《ひんじゅう》と変えているのであった。

しげるは何度も昇った。今はその先端を、女外相の指が、ぴたりと塞《ふさ》いでいる。感覚としては終わっているところを、指はさらに刺激をかけてくる。どういう技巧か、放出したばかりの身体《からだ》は、たちまち昂《たかぶ》り、興奮し、新たな絶頂を求めていくのだった。


そして、指が妖しく塞いでしまう。

「さ、答えて。ファウストは何処にいるの？」

明らかにミランダは、世界のためにしているのではなかった。若い男の欲望をその手でコントロールし、自在に操《あやつ》る——淫らで、卑《いや》しい自らの欲望解放のための行為であった。

「どう？」

五度目の塞ぎの責めの果てに、しげるはついに白状した。

ミランダは、メフィストのいる黒い壁の向こうへ、

「〈中央公園〉って何処にありますの？」

かつての新宿西口の先に広がる〈新宿中央公園〉——その名を聞いただけで、〈魔震《デビル・クエイク》〉経験者なら血が凍ると言われる〈最高危険地帯《モースト・デンジャラス・ゾーン》〉の一《いち》。

白い医師と女外相はその前に立った。

八万八〇六五平方メートルの周囲に巡《めぐ》らされた壁

は、万里《ばんり》の長城《ちょうじょう》を思わせると評された。内と外に貼られ、象嵌《ぞうがん》された護符と聖像が、妖しい存在《もの》たちの出入りを完璧《かんぺき》に封じる——とはいかずに、今も二人の頭上に奇怪な木の大枝がねじくれつつ這《は》い出し、蔦《つた》が壁面を伝わって、大地へ滑り下りようとする。

その蔦先が不意に壁の一点に吸い込まれた。

壁に直接刻み込まれた聖人の顔であった。蔦はその口に吸い込まれたのである。

のたくりながら、徐々に徐々に呑《の》み込まれていく蔦の姿は、妖魔に呑み込まれていく大蛇《だいじゃ》を思わせる怪異なものであった。

「聞きしに勝《まさ》るわ」

とミランダがつぶやいたものの、どこか経験済みという感じがないでもない。そんな国から来たのだろう。

「どうなさるの？」

「行く」

メフィストの答えは簡潔である。

だが、いかに〈魔界医師〉といえど、午後も遅い昼下がり、魔性たちが力を得る時刻に単身ここへ入り込んで、無事に帰還し得るのか？

「お伴《とも》します」

「残れと言いたいが、ヤンジェからの口添《くちぞ》えがある」

「感謝しますわ——ミス・ヤンジェに」

この女——優秀だが世の中を知らない。壁を見上げたまま、

「——でも、どうやって？」

言いかけて腰のあたりへ眼をやった。細長いすじが巻きついたのである。それは、メフィストのケープから這い出た針金であった。

きらきらと、ミランダの頭上に光るすじが何かの形を描き出していった。

短いがたくましい二本の脚《あし》、左右に広がる翼、そして、小さな顔にふさわしからぬ堂々たる嘴《くちばし》。

「鷲《わし》——針金の鷲」

呆然と立ちすくむミランダへ、

「左様。外側だけだがな」

だが、メフィストが右手を上げると翼は羽搏《はばた》いた。巻き起こる風は、外枠《そとわく》だけの翼のものではなかった。

ミランダは、腰を捉《とら》えたものが鋭い爪《つめ》であることを知った。その身体が浮き上がるや、楽々と壁を越え、二人は公園内の土を踏みしめていた。

「これから頼りになるのは、医術よりもこれだ」

メフィストの合図で、いつわりの鷲は高々と舞い上がった。

白い医師の右手が躍《おど》った。

ミランダの右側に出現したのは、どう見ても、たてがみをなびかせた獅子《しし》であった。どう見ても、その四肢《しし》も胴も、たてがみに守られた頭も、針金製のスカスカだ。にもかかわらず、両足はたくましい筋肉の動きを示し、たてがみは風になびいている。唸《うな》り声を聞いたと思ったのは勘違《かんちが》いだろうか。

「さて——我が師は何処にいる？」

メフィストが四方を見廻した。しげるは、〈中央公園〉としか知らなかったのだ。

石を重ねたような施設が柔らかい陽射《ひざ》しを浴びている。「新宿ナイアガラの滝」だ。二人がいるのは「ちびっこ広場」であった。通りを隔《へだ》てて、「ハイアット・リージェンシー」の廃墟《はいきょ》が斜めにかしいでいる。

「気配も断っている。何を企《たくら》んでいるのか」

「何かをしでかすまで、待つしかありませんの？」

「左様。しかし、何もせずにいられる老人ではない。じきに何かやらかす」

獅子が頭を上げた。

前方から青い登山服姿の男が近づいて来た。鷲が頭上を旋回しはじめる。

男は足を止めて、

「赤いヤッケの女性を見ませんでしたか？」

と訊いた。

「途中ではぐれちゃったんです。随分《ずいぶん》捜したけど見つからない。心当たりないでしょうか?」

あまり登山向きとはいえない痩《や》せぎすの若者であった。髪の毛も髭《ひげ》ものび放題、長いことうろつき廻っているのは間違いなさそうだった。

「見かけんな」

とメフィストが答えた。若者は、はっきりと失望を示して、

「そうですか。また捜してみます」

と歩き出した。

「服にもリュックにも雪が積もってました。ひょっとしたら……」

「何処かの山で知り合いが遭難した。それを捜しているのだ。何年も山を下りずにな」

「自分が遭難したのも知らずに」

ミランダの声には悲哀があった。若者を見送ろうと身を捻《ひね》り、小さく、あっと洩らした。

真っ赤なヤッケ姿が若者とすれ違ったところだった。

気づいたふうもなく、こちらへやって来て、

「私——人を捜してるんです。山の中で迷っちゃって——青いヤッケの男の人、見かけませんでしたか?」

メフィストが彼女の背後を指さした。

「いま、そこにいた」

女はふり返り、眼を凝《こ》らしてから、

「見えないわ。霧が深くて」

と言った。

蒼《あお》みを帯びはじめた空は快晴と言っていい。

「でも、行ってみるわ。ありがとう」

女は足早に進みはじめた。

二人は女と反対方向へ歩き出した。

「あの二人は山の遭難者ですね? なぜ、この公園へ現われたのですか?」

「よく現われるらしい。ここには妖《あやか》しや妖物《ようぶつ》の他

に、失われたものがやって来るのだ」

「過去が戻ってくる、と？」

「かもしれん」

「それを知って、外からやって来た人たちもいるのではありませんか？」

「聞いたことはある」

「失《な》くした誰かに会えるなら、この公園は、その人たちにとって救いの場なのでしょうか？」

「かもしれん」

「この街も」

「かもしれん」

　メフィストは木立ちの間を走る小路《こみち》へ入った。青が深さを増した。

　背後から、重々しい足音が追って来た。

　ミランダの身体が宙に浮いた。鷲が両肩を摑んで持ち上げたのである。

　同時にメフィストと獅子は木立ちの間に隠れている。


　大地を揺すりながら現われたのは、メフィストがよく知る奇妙なものであった。

　タイコンデロガ伯爵の博物館で目撃した、〃体内装甲〃を身につけた百万年前の石像であった。

3

　その姿が小路の奥に消えてから、メフィストは後を追いはじめた。

〈中央公園〉の森の中で、あんな足音を立てていては敵を呼ぶようなものだ。

　張り出した枝の中から、木立ちの陰から色とりどりの影が躍りかかった。みな叩き伏せられた。それでもかじりつく連中は炎に包まれた。

　不意に、建物の前に出た。

　もと図書館である。〈魔震〉発生時には催物《もよおしもの》の会場だったはずだ。

　石像はその中に消えた。

メフィストのかたわらで砂塵《さじん》が舞い上がるや、針金の鷲とミランダが下りて来た。

「あれは——何ですの？」

この星の歴史上、最初の〝泡沫化現象〟の被害者と彼を保護すべく製作された〝体内装甲〟の化石だ。

「世界最初の〝体内装甲〟だ」

「あれは化石ではありませんか。そんな昔から……」

はっとメフィストを見て、

「では、ドクトル・ファウストも？」

答えず、メフィストは二階の窓を見上げた。鷲が二人を持ち上げて運んだ。獅子は下の出入口から入った。

窓ガラスは残っていたが、カーテンもブラインドもない。内部は丸見えだ。

外見を見ればわかるが、壁には亀裂《きれつ》が走り、一部は剝《は》げ落ち、全体はどうしようもないほどに朽《く》ち果てて、見たものは立ちすくむ他はない。

それなのに、室内は信じられぬ様相を呈していた。

「工場？」

ミランダのひとことがすべてを表わしていたと言っていい。

天井を走るレール、ぶら下がった太い鎖《くさり》の束《たば》、巨船の機関室を思わせる巨大な歯車が回転し、奥で迸る電磁波が室内を青く染める。

「こんなものを——いつ？」

「今だ」

愕然《がくぜん》とミランダが白い医師を見つめたとき、右方のドアが開いて、〝装甲〟が入って来た。

部屋の真ん中に置かれていた鉄製のテーブルの向こうから、ひょいと光るものが覗《のぞ》いて、そちらの方へ近づいて行った。

完全に現われたものは、禿頭の小柄な老人であった。

「――ドクトル・ファウスト」

「我が師だ」

何となく言いたくなさそうに言った。

「酔っている」

ミランダも、老人が上衣《うわぎ》のポケットから抜き出したウイスキーの小瓶をひと口飲《や》るのを見た。

「よう来たよう来た」

とミランダはつぶやいた。

「ケマダの外相は、読唇術《どくしんじゅつ》をやるか」

メフィストが、さして感心したふうも、驚いたふうもなく言った。

「おお、異常はないようだな。試作品とはいえ、さすがこのファウストが造り出した装甲じゃ。待っておれ、いま手を加えて、世界最高の鎧《よろい》に造り変えてやる。どういう意味かしら？」

ファウストの台詞《せりふ》をそのまま訳して、ミランダの感想も入るからこうなる。女言葉である。メフィストの眉がわずかにひそまった。嫌なのである。

「――まさか」

とメフィストが洩らした。

「え？」

ミランダの表情が変わっている。メフィストの声に、怯《おび》えを感じたのだ。

装甲は台の上に横たわった。

「ヒヒヒ　失礼しました」

ミランダが口を押さえた。

「やめたまえ」

「はい」

ファウストの右手に細いメスが閃《ひらめ》いた。化石と鋼《はがね》を相手に、そんなものでどうしようというのか。

「ルンルン、頭を開きましょ」

こう言って、ミランダはまた口を押さえ、メフィストを見つめた。驚愕の瞳であった。

だが、無造作に〝装甲〟の額《ひたい》に当てられたメスは、難なく一五センチも切り込んだ。〝装甲〟はチーズか豆腐《とうふ》のようであった。メスが一回転すると、頭蓋《ずがい》は、ぱっくりと取れた。

「ルンルン、中身を取り替えよ」

老人の手が残りの内部に差し込まれ、ずんぐりした石の塊《かたまり》――脳を引き出した。

ミランダは声もない。

不意に化石が、ファウストの右手首を摑んだ。

「こら、何をする？　脳を取られても自我が残っておるのか？」

仰天《ぎょうてん》したふうなのは、ミランダの声だからで、ファウストはにやにやと、

「大人しくしとれ、今、新品を入れてやる」

右の腕を簡単にふりほどき、台のかたわらの小台に置いた石の壺《つぼ》の蓋《ふた》を取った。

「ルンルンルン。これは誰の脳でしょう。ボクもあなたも知りゃしない。だけど、ドクトルは知ってるよ。これは自分のお脳だと――ドクター……」

愕然と自分を見つめる女大臣へは眼もくれず、

「私が弟子だった頃から、師はおかしなことを口にされていた。そのひとつが、自分の脳の複製だ」

「では……？」

「やっと完成したらしい。つまり、最古の〝装甲人〟は、世界最高の賢くて邪悪な脳の支配の下に、行動することになる」

「止めなくては」

ミランダが呻《うめ》いた。

ファウストは両手に持った、これは軟らかい、保護液のしたたる脳を、仮面の頭部にセットしようとしていた。

「ルンルンルン、これでおしまい――」

つぶやくと同時に、ミランダは右手を窓ガラスへ伸ばした。薬指のダイヤと見まごうかがやきを放つ指輪《リング》には、高性能レーザー発射器が内蔵されているのであった。

それが一条の光芒《こうぼう》を放つ寸前、ファウストがふり返った。窓の外ではなく、部屋の戸口の方を。

最初に突入したのは、針金の獅子であった。その

後から怒濤《どとう》のごとく、奇怪な生物や半透明の悪霊《あくりょう》と思《おぼ》しき連中が雪崩《なだ》れ込んだのである。

そのどれもが、この建物に巣食う存在だったに違いない。獅子が彼らを導《みちび》いた。他所者《よそもの》に棲家《すみか》を荒らされるな、とアジテートしたものか、それらは一斉《いっせい》にファウストめがけて襲いかかった。

針金の獅子を押しのけて、巨大な蛇が頭からファウストを呑み込んだ。

次の瞬間、蛇腹は爆発して、ファウストが現われる。床へ落ちる寸前、獰悪《どうあく》な爪をふりかざした黒い布のようなものが宙をとんで、その首を見事に持って行った。

——胴体は!?

ミランダが床へ視線を落とすと、おぞましくもおびただしい妖物がのしかかっていた。

「いかん」

と放たれた声は二つだった。

メフィストと——ミランダと。

白いケープが窓へと流れ、彼と大鷲とミランダは室内にいた。

妖物たちがのけぞった。その姿がみるみる泡と化していく。

台上の装甲人に走り寄るメフィストの前で、禿頭が立ち上がった。

「我が師よ」

「我が弟子よ」

彼らを知る誰が想像しただろう。この師弟がともに、絶望の叫びを上げるなど。

化石の左手が唸って、ファウストを打ちとばした。右腕が摑んだのは、切り離された頭蓋だった。それを切断面に載せるや、化石は上体を起こした。

「止めろ、メフィスト。その脳は傷ついておるぞ！」

メフィストにもわかっていた。窓の外から、彼はそれを裂く何物かの爪の一閃《いっせん》を目撃していたのだ。いかんのひと声は、そのせいであった。

「待てえ」

手をふり足を廻して、文字どおり宙を駆けるファウストが、その首すじに抱きついた。

「こら、やめい、動くな、脳を出せ！」

メフィストの師匠ともなれば、他に幾《いく》らも攻撃魔法をふるえるだろうに、無闇と手をふりまわして石の頭をぶっ叩く姿は、幼稚な子供の喧嘩《けんか》かと思われた。

構わず装甲人は台から下りた。

顔を覆うマスクの何処にも継《つ》ぎ目は見られない。だが、何処からか洩れる赤光《しゃっこう》が、顔全体を妖しく、おぞましく染めはじめていた。

「眼の光だ」

とメフィストが言った。

それを浴びた妖物たちが、片端から崩れ落ち、灰と化していく。

「〝邪眼《じゃがん》〟――と言うは易《やす》いが、その光――万物《ばんぶつ》の生を塵《ちり》に帰する。それこそが〝邪眼〟だ」

「メフィスト――早く殺せ。こいつを街に出したら大事《おおごと》だぞ！」

なおもポコポコやりながらファウストが叫んだ。

「承知いたしました。蓋をお取りください」

「むむ」

老人は右手を装甲の頭部に載せた。伸びて来た石の手を払いのけ、ふたたび頭蓋を取り除く。

メフィストが指さすや、床上の獅子が床を蹴《け》った。

空中にあるうちに、装甲の頭部がファウストを乗せたまま回転した。その表面に直径五センチほどの穴が開くや、火の玉が噴《ふ》き出した。わずかに獅子が右へずれると、火球はその体内を通り抜け、三メートルほど後方で反転した。

獅子は一線の針金となった。その端に火球が触れるや、急速に呑み込まれていく。

あと一メートル――鉄の一線の狙いは火の玉の噴《ふん》出孔《しゅっこう》であった。嘲笑《あざわら》うかのように、穴は閉じていった。

五〇センチ——針金の矢は一〇センチしか残っていない。空《むな》しく穴は閉じられ——なかった。その端を摑んで両側に引っ張っているのは、ファウストであった。

わはははは、とファウストは笑った。

五センチを残して針金が吸い込まれた瞬間、ファウストは手を離した。

〝装甲〟は前へのめりつつ、頭部を押さえた。その下で頭部は激しく回転した。

「火球が⁉︎」

ミランダが叫んだ。噴出孔が閉じた刹那《せつな》にまたも反転した火の玉は、真っすぐ二人の方へとんで来た。メフィストを邪魔者と認めたのだ。

ミランダを突きとばし、メフィストはそれを胸に受けた。

ミランダが眼を剝いた。胸に吸着した火球に、白い医師の身体が吸い込まれていくのだ。それは赤いブラックホールに、その制空圏へ入り込んだあらゆる物質が吸い込まれていくような、奇妙に教科書的な眺《なが》めであった。

「ドクター・メフィスト！」

ミランダは両手で空中に何やら形らしいものを描き、髪の毛に手をかけた。そこから長いヘアピンを抜き出したのである。

ピンは空中の一点を刺した。描かれた形の心臓を！

ミランダ・カーク——まぎれもない一国の外相だ。大臣である以上、誰でも論理的な思考が要求されるし、そういう教育も受けているはずだ。だが、いま彼女が使ったのは、これもまぎれもない魔法、妖術の類《たぐい》であった。

そもそも彼女の国、ケマダ共和国が、二年前に建国する前は、黒魔術と白魔術が相討つ魔法王国だったのだ。

アフリカの神秘主義《オカルト》は、古代エジプトにその起源を持つと言われるが、その根はずっと深い。アフリカは、世界最初の人類が生まれた土地なのである。そして、生きるものの出生には、必ず神秘的で呪術的なものが付きまとう。ケマダに伝わるそれらは、エジプト古王国よりはるかに古い、原初の妖気や闇の深さを湛《たた》えていた。

建国前のこの国の前身たるケマダ地方を訪れた旅人は、

「この国では、四、五歳の子供でさえ路上で魔法を使う。彼は私の眼の前で身の丈《たけ》五〇フィート（一五メートル）もの巨人に化け、私の車を天高く持ち上げると、マネーマネーと要求した。幸い子供のせいか金銭への知識は乏《とぼ》しく、一セント銅貨を、世界でいちばん高価な貨幣《かへい》だと告げると、すぐに納得して車を下ろしてくれた。私はお礼に、一セントを三枚弾《はず》んだものだ」

と書き残している。

そんな国で成長した女外相は、いかなる術を使ったのか？

メフィストを吸い込んでいた火球の色が赤から青に変わった。その形が二、三度歪むや、それは一気に白い医師を地上へと吐き戻したのであった。

Part7

間《かん》断《だん》なき殺《さつ》戮《りく》

1

メフィストは立ち上がった。最初からそこにいたとしか思えない姿であった。

礼も言わず、彼は右手を上げた。五指を伸ばした掌《たなごころ》に光るすじが貼りついていた。

それは白いメスに変わって、戸口へと向かう〝装甲人〟の背中に突き刺さった。

だが、わずかに震えただけで、〝装甲人〟は戸口を抜けて見えなくなった。

「何をしている、追わぬか」

背後でファウストが喚《わめ》いたが、メフィストは動かずにいた。

堪《たま》りかねたか、ミランダが走り出し――すぐに戻って来た。

「何処《どこ》にも見えません」

「えーい、この莫迦《ばか》弟子め、あいつを野放しにしたら、世界の終わりだと言ったはずだぞ。どうするつもりじゃあ?」

「師はどうなさるおつもりで?」

ささくれ立った状況が、突如《とつじょ》、深海にでも入ったような静かな声に、ファウストはたじたじとなった。

「師の複製脳を収《おさ》めたあれが、世界を破滅させる――それが目的ではございませんなんだか?」

「違う違う違う違う」

老人は、子供のようにイヤイヤをして見せた。

「いい加減《かげん》なことをぬかすな。そういえば、弟子の時代から、おまえは妄想癖《もうそうへき》があった。わしがくしゃみをしただけで、コレラにかかったなどと言って、学園中をパニックに陥《おとしい》れよった」

「あれは間違いでした」

「ふむ」

「ペストです」

「むむ」

「しかし、師の講義によれば、複製脳が本来の機能を発揮するには丸一日を要します。その間に取り出せばよろしいかと」

「そう、そうじゃ、そうとも。すぐに追いかけて取り戻せ」

「ですが、あの脳は傷ついております。つまり二四時間後には、狂った師に操《あやつ》られる装甲《アーマー》が、世界に挑《いど》むことになる」

「むむ」

明らかに苦悩するファウストを、明らかに愉《たの》しげな眼で見つめ、

「もはや手遅れですな」

にこやかなメフィストの結論に、それこそ挑んだ声がある。

「駄目です」

ミランダが、凄《すさ》まじい眼つきで二人を睨《にら》みつけた。

「ドクター・メフィスト、何を仰《おっしゃ》るの？ あなたは医師のはずよ。最後まで諦《あきら》めてはいけません。今やこの世界があなたの患者になりました」

メフィストの美貌《びぼう》を、何かがかすめた。

「そうじゃ」

ファウストも便乗した。

「わしは教えたはずじゃ、医師とはどうあるべきか。患者への洞察《どうさつ》と理解、深い倫理の受容、生命への希望――忘れたか？」

メフィストよりもミランダが老人を見つめた。呆《あき》れ返っていた。

「覚えておりますとも」

メフィストは恭《うやうや》しく応じた。

「師の深い教えを片時《かたとき》も忘却《ぼうきゃく》したことはございません」

嫌がらせはもはや芸術的である。

「なら、何故《なぜ》、奴《やつ》を追わん？」

「その前に師の製作理由を――いえ、さらにその前に、〝泡沫化現象《ほうまつ》〟を引き起こされた理由《わけ》を伺《うかが》いた

く存じます」

「そそれは」

「世界の破滅を策したものか？　それならそれで結構。弟子だった頃より、師の胸中にそのお考えが揺《よう》曳《えい》していたのは存じております。いえ、それこそは、この宇宙に生を得た者たちが、何故か抱《いだ》いて熄《や》まぬ悪夢なのでございます。ですが、師が私に授けてくださいましたのは、まさしくその逆——生命ある者を、細菌ひとつでも理由なく滅《ほろ》ぼしてはならぬという生命の倫理でございました——お忘れですか？」

「むむむ」

ファウストは後じさり、不意に背を向けて逃げようとした。その首すじをミランダの手が摑《つか》んで引き戻した。

「何をする？」

「見てのとおりよ、この狸爺《たぬきじじ》い」

「な、何を言うか。こらメフィスト、師がふざけた女に侮辱《ぶじょく》されているのを、黙って見過ごすつもりか？」

「いつからこの国の人間になられましたかな？」

メフィストはうすく笑った。他人任《まか》せという意味だろう。他人は何処ぞやの大国に置き換《か》えられるかもしれない。

「まずは私の問いにお答えをいただきたい。正直、あまり時間がございません」

ミランダが、はっとしたように彼を見た。

「——そうよ。世界は終末にさしかかっています。ドクトル・ファウスト、たとえドクターの前でも、このままでは私はあなたを処分しなくてはなりません。ドクターの問いに答えてください」

「こ、答えれば、殺さんのか？」

ファウストの禿頭《はげあたま》は汗に覆《おお》われていた。本物の冷や汗だ。心底《しんそこ》すくみ上がっているとしか思えない。ミランダの胸中は激しい変化を繰り返していた。

これがメフィストの師か？

世界の破滅を策した犯人なのか？

ひょっとしたら、地球創生の時よりこの世界に存在した何者かなのか？

メフィストのみが、少しも変わらぬ表情と口調で、

「女は怖いですぞ、師よ」

と告げた。

「早々にお話し願いたい」

「むむむ」

とファウストは呻《うめ》き、禿頭の汗を拭《ふ》いた。

「あいつにわしの複製脳を入れたのは、世界を救うためじゃ」

「はあ？」「何ですと？」

ミランダが眼を剝《む》き、メフィストは唇をささやかに歪《ゆが》めた。

ミランダが髪からもう一本、ヘアピンを抜いた。眼から殺気がこぼれた。嘘《うそ》つき爺いめと殺意を抱いたのだ。

「つまりだな」

ファウストは、二人の顔を見ないようにしながら、その場でぐるぐる廻《まわ》りはじめた。

「あの〝泡沫化〟は、決して世界を滅ぼすために起こしたものではなかったのだ。ところが、意に反してああなった。そこでわしは、それを食い止めるべく、もうひとりのわしをこしらえたのだ。そこへおまえたちが邪魔に入り、何もかもぶち壊してしまいよった。あれは狂ったわしじゃ。それこそ世界を塵《ちり》に変えるまで蛮行《ばんこう》を繰り返すじゃろう。わしは悪くない。すべてはおまえたちのせいじゃ。この失敗をどう繕《つくろ》うつもりじゃ、え？」

ファウストは、両手で二人を指さした。逆ギレどころではない。完全な攻守逆転を狙《ねら》っているのだった。

「いい加減にしなさいよ、ドクトル」

外務大臣が眼を剝いた。歯がギチギチと鳴った。

砕けてもおかしくはない怒りが、美女の全身を捉《とら》えていた。

右手のヘアピンをふりかぶった。

静夜《せいや》のような声がそれを止めた。

「ドクトル・ファウスト――あの〝装甲人〟を破壊して後、〝泡沫化〟は収まるのでしょうか？」

「むむむ」

ファウストは腕を組んだ。まともに悩んでいるらしく、眉間《みけん》に皺《しわ》が寄っている。珍しいことだ。

「よし、わかった」

額《ひたい》をべちんと叩《たた》き、

「ここから出直しじゃな。あれを破壊しても、〝泡沫化〟は止まらん。いやあ、おかしなものを造り出してしまったわい」

「あなたが蔓延《まんえん》させたんじゃありませんか!?」

ついにミランダが切れた。ファウストの胸《むな》ぐらを摑むや、激しく揺すって、

「今すぐ、〝泡沫化〟を止めて。でないと、私の国も世界も宇宙の水と化してしまう」

全身をガクガクさせながら、ファウストは呆然《ぼうぜん》とミランダを見つめていたが、不意に美女の手を摑んだ。

怒りの動きは止まった。のみならず、ミランダの顔から一切《いっさい》の表情が消えた。

「ヤンジェ・ローヴェアスの知り合いだったな？」

「左様《さよう》で」

答えたのはメフィストだ。ミランダは虚《うつ》ろな人形と化していた。

「ふーむ」

「感心よりも、ひとつお聞かせください。新たな疑惑が生じました」

「何じゃ？」

重々しくうなずいたのは、姿形《すがたかたち》こそ同じだが、別人のような風格を漂《ただよ》わせた老人であった。

「〝泡沫化〟を食い止めるために、あれをお造りになったと仰いましたが、どのような手を打たせるお

つもりだったのですか？」

「むむむ」

こわばる老人の顔へ、メフィストはたたみかけた。

「世界を救う――どれくらい？」

「むむむ」

ファウストがたじろいだそのとき、窓の外でまばゆい光が斜めに天と地上とをつないだ。

大口径レーザーだ。

破壊された窓から、灼熱《しゃくねつ》の蒸気が吹き込んで来た。空気と地面が灼《や》かれたのだ！

メフィストのケープが閃《ひらめ》いた。

蒸気はそれにぶつかり反転し、室内を数瞬荒らしまくって消えた。

「何事じゃ？」

ケープが戻ると、ファウストが天を仰《あお》いだ。

「〈区〉による妖物の定期殺戮《さつりく》ですな」

メフィストが答えた。

「〈区〉のほうでは、浄化作戦と称しておりますが」

「けしからん。たかが人間風情《ふぜい》が。この星に、いや、宇宙に生きるものの生命を何と心得ておるのか？　けしからん。やめさせてくれる」

と喚いた先に、あちこちで光の矢が落下し、世界を赤く染めた。

「師よ、お答えを」

「むむむ」

突然、世界が揺れた。

猛烈な爆撃に、すでにひびの入っていた壁が剝離《はくり》し、天井が落ちて来る。

頭部に衝撃が走り、ミランダは気を失った。


「あら？」

〈靖国通り〉へ出たところで、ノリコは立ち止まった。〈大ガード〉の方から、よろめきよろめきこちらへ向かって来るのは、あの禿《はげ》チビ親爺《おやじ》――ファウストではないか。

やめときなさい――頭の何処かでこう叫ぶ声を聞きながら、ノリコは走り出していた。老人がベソをかいているように見えたのだ。

「ちょっと――大丈夫?」

抱きかかえるようにして、顔を覗《のぞ》き込むと、何となく胸が騒いだが、間違いなく当人であった。

禿頭はうなずいた。

「何とか、な」

「公園じゃ」

「でも、危なっかしいな。何処行ってたの?」

また胸騒ぎが小さな波を立てたが、ノリコは無視した。

「あたしとあんたの留守に、お店で何かあったらしいのよ。気味が悪いから、今日はもう閉店。ね、行くとこないんでしょ。家《うち》へ来る?」

禿頭がうなずいた。

「オッケ。じゃ、行こ」

ノリコはやって来るタクシーに向かって片手を上げた。

2

「あれ?」

エレベーター・ホールを曲がったところで、しげるは立ち止まった。

隣の部屋のドアを、住人の女が開いたところだった。それはいいが、横に立つ禿頭――

「あれ、何処かで……?」

首を捻《ひね》って記憶を辿《たど》ったが、何も出て来なかった。それでいて、すぐ鼻先に手がかりがぶら下がっているような感覚が拭《ぬぐ》えない。

「いや、やっぱり知らねーな」

この結論に達したときにはもう、二人は室内に消えていた。

隣の女とは話したことがないが、水商売だというのは雰囲気と服装でわかっていた。背が高くて胸も大きくはないが、スポーツでもやっていたのか、動きがキビキビして妙に色っぽい——というか、しげる好みであった。

自分も部屋へ入って、しげるは溜息《ためいき》をついた。マチが見つからなかったのだ。

〈歌舞伎町〉の何とかいう風俗店で正気に戻り、ピゲロのいたラブホへ戻ろうとしたら、ドクター・メフィストと一緒にやって来た外人女に誘惑され、ファウストの居場所を吐かされた。正直、しげるには無知の情報なのに、何故か口を割ったのは、あのベイとかいう悪霊《あくりょう》の記憶の名残《なごり》があったからだ。

場所はドクター・メフィストのリムジンの車中であった。〈中央公園〉と告げると、その場で降ろされた。

タクシーを拾って大急ぎ〈歌舞伎町〉のラブホに戻ったのも、ベイの記憶が頼りだった。

ところが、ラブホは、何事もなかったように静まり返り、勝手にエレベーターへ乗ろうとしたら、監視カメラと連動した麻痺銃《パラライザー》を浴びた。受付のコンピュータに事情を説明しても、

「本日は異常なし」

の一点張りで話のつぎ穂もない。諦めて帰宅したところであった。救いは、ベイが表に出ているとき、ラブホの前でマチを冷やかしに来た男どもをぶちのめした後、そいつらから強奪した財布と現金で、これが意外に入っていた。

マチの件は、しばらく待つことにして、コーヒーを沸《わ》かしていると、チャイムが鳴った。帰って来たかと思ったら、隣の女だった。

「ノリコと言います。あの——何か強精剤みたいなの持ってません か？　コンビニ遠いので」

「あるけど——お盛んだね」

こんな礼儀知らずの物言いをしたのは、ノリコが長いTシャツから太腿《ふともも》を剥き出しにしていたせいだろう。ご丁寧《ていねい》にも、内腿では毒々しい赤蛇の刺青《いれずみ》が牙《きば》を剥いているではないか。

「やだ、誤解しないで」

ノリコは身をくねらせて否定した。

「ちょい待ち」

と告げて、六畳間に行った。救急箱を調べていると、ノリコが入って来た。

「おいおい」

険《けわ》しい声を出しながら、すでに期待の花がピンクの花弁《かべん》を広げている。

「彼女いないの?」

ノリコの声は熱を帯びていた。

「ああ」

「ここのとこ、ヘンなことばかりで、あっちはご無《ぶ》沙汰《さた》なんだ」

ノリコは隣へ来て、白い生腕をしげるの首へ巻いた。

近づいて来た顔を、しげるは待ってましたと迎え撃《う》った。

唇を重ねて思いきり舌を入れた。ノリコも絡《から》めて来た。

しげるに吸わせながら、ノリコは右手をしげるの股間に伸ばした。

ジッパーを下ろせば、後は簡単だった。しげるのものは自然ととび出した。指を絡めてテクニックを使うと、しげるはすぐに喘《あえ》いだ。

「いいぞ」

「そう?」

ノリコはまた唇を重ねた。

風俗の経営者の手は巧緻《こうち》を極《きわ》めていた。しげるが放つ寸前、ノリコは含んで——呑《の》み干した。

「何をしている?」

ひどく硬い声が訊《き》いた。

ノリコが開け放したままのガラス戸の前に、禿頭の老人が立っていた。

「わしの薬をもらいに行ったのではないのか?」

「いえ——そのつもりだったのよ」

ノリコがあわてて唇を拭った。

「ここへ来たら、奥へ取りに来いって。そしたら急に襲われたの」

「お、おい」

と睨みつけても、しげるにはどうしようもないとわかっていた。相手はチビの爺いだ。一戦交えても勝てるだろう。だが――

「騙《だま》したな」

老人はノリコに近づくと、いきなり髪の毛を掴んだ。

かっと剝き出したしげるの眼の中で、女の黒髪は鬘《かつら》を剝《は》がすように、毟《むし》り取られていた。血が絨毯《じゅうたん》を叩いた。

ノリコが悲鳴を上げるのを、老人は顔をねじ曲げて、背後から唇を吸った。

悲鳴は唇の間から必死の吐息となって脱出したが、老人は構わずノリコのシャツをめくり上げた。

白い尻が出た。ノリコはパンティを着けていなかった。着替えの途中で出て来たものか。

しげるが見つめる中で、若い女と老人はつながった。

「あああああ……」

のけぞるノリコの首を押さえ、老人はさらにそり返らせた。

しげるは眼を剝いた。

ノリコの額は一気に自分の尻にくっついたではないか。

「嘘つきめ、嘘つきめ」

老人は激しく突きはじめた。罵《のの》り声なのに、感情のかけらも感じられないのが不気味だった。

「いーいいっ――いいわよっ」

まぎれもない快楽の叫びをノリコは放った。

「そうか、そうじゃろう」

老人は女の右手を取ると、喘ぐ唇の間へ突き入れた。

息の詰まる音が、しげるを興奮させた。また勃《た》ちつつあった。

「こっちは使用中だ。こっちへ入れい」

ノリコの左手は老人に導《みちび》かれるまま、股間から肛門へ届いた。

もっと見てやろうと位置を変え、しげるは息を呑んだ。

肛門に指は二本も無理だ。入っても動かせば痛みで泣き叫ぶ。ノリコのは手首まで吸い込まれていた。

「――まるで粘土細工だ」

しげるはようやく、老人の正体を摑みはじめていた。

じりじりと、しゃがんだまま戸口へと後じさる。

「何処へ行く?」

老人が低く訊いた。

「いやその――トイレへ」

「この女と続けろ」

「へ?」

「続けるのだ。わしと同じことを、さっきと同じに」

「いえ、遠慮します」

立ち上がろうとした腕を老人の手が摑んだ。

青白い火花が散って、老人の手は弾《はじ》きとばされていた。

「貴様――何者だ?」

「冷てえな、もう忘れたかよ、ドクトル・ファウスト」

しげるは仁王立《におうだ》ちになっていた。

姿形はそのまま――別人のように精悍《せいかん》な鬼気《きき》が真正面からファウストの顔面に叩きつけられた。

「貴様は?」

「この国の若いのに身体《からだ》を借りたが、俺はアリフ・ベイ。あんたとは〈歌舞伎町〉の呑み屋で会ったよ。アメリカのお偉いさんが一緒だった」

「おお――あのときの」

老人の眼が光った。親愛の光ではない。殺意の赤光《しゃっこう》だ。ベイもにやりと笑った。こちらも仲よく話を、など望んでいないのだ。

「リターン・マッチといこうじゃねえか」

ベイは言った。

「それは構わんが、少し待て。この女の尻をもう少し愉しんでからだ」

好色そうな視線が注がれたノリコの尻は、妖《あや》しく波打ち、ねっとりと――溶けはじめていた。

「もうよかろうに、放してやれ」

「いいとも――じきにイクからの」

話している間も動き続けていた老人の動きが、急に激しくなり、ノリコが身をよじった。だが、見よ、その口に入った腕はいつの間にか、肘《ひじ》まで届き、肛門を犯したほうは肩のつけ根まで潜《もぐ》り込んでいる。ノリコは白眼を剝いていた。もう意識などないのだ。ただ、異様な物質に変えられた肉体のみが地獄の愛撫に反応しているのだ。

「よさねえか」

ベイ――しげるの両眼が光った。

ノリコの全身が桜色に染まるや、どっと崩《くず》れ落ちた。

老人がつぶやいた。

「邪魔をしたな」

「おお、表へ出ろ。この変態魔道士が」

老人がゆっくり立ち上がったとき、これまで感じたこともない戦慄《せんりつ》がベイ＝しげるの全身を貫《つらぬ》いた。

彼は素早く後退した。

廊下へ出て、エレベーター・ホールへは行かなかった。

一跳躍で手すりを越え、下の駐車スペースへ着地してのけた。

間髪《かんはつ》容れず、老人が舞い下りた。外は夕暮れが迫っていた。通りをはさんだマンションやアパートの窓には明かりが点《とも》りはじめている。

「こっちだ」

ベイ＝しげるは身を翻《ひるがえ》して、通りへ走り出た。

五〇メートルほど右手に公園がある。

〈第二級危険地帯《セカンド・デンジャラス・ゾーン》〉認定を受けた立ち入り禁止区域だ。それが普通の街並みの中にある。〈魔界都市〉たる所以《ゆえん》だ。

遮断《キープ・アウト》テープを破いて入った。老人もすぐに来た。

鉄棒、ブランコ、砂場、ジャングル・ジム——どれも青い光の中に不思議と原形を留《とど》めていた。

「許さんぞ」

老人の言葉に、ベイ＝しげるはにんまりと笑《え》みを浮かべた。

「何度も同じ寝言を繰り返すんじゃねえよ、耄碌《もうろく》爺い。とっとと、おれとアメリカへ行こうぜ」

ベイはまだ雇《やと》い主へ忠義を尽くすつもりらしかった。

ひょい、とベイ＝しげるは三メートルも後方へと跳んで、ブランコの座板に着地した。

「許さん」

老人はあわてたふうもなく近づいて行った。

急に動かなくなった。

地面から生《は》えた青白い手が、その足首を摑んでいた。

「ここは別名〝ひび割れ公園〟ってな。〈魔震《デビル・クエイク》〉の時、地面に呑み込まれた連中が一〇〇人も出た。それ以来、生きてる連中を引っぱり込もうとするらしいぜ」

身動きできぬ老人を冷ややかに見つめ、

「俺の学んだアフリカ魔術——世界最古の術がドクトル・ファウストに通じるかどうか——勝負だ」

蒼《あお》みを増した空から、ひとすじの雷光が垂直に落下した。老人がそこにいた。光は彼を火の柱と変えた。

為《な》す術《すべ》もなく燃え上《あ》がる小さな身体は空中に救いを求めるように両手を掲《かか》げたが、すぐに下ろして地面に倒れた。稲妻《いなずま》のショックか、死者の手も消えている。

「やったぜ。天下のファウストが死にやしねえよな。アメリカ本土で蘇生《そせい》させてもらうといいぜ」

のけぞったように笑うしげるの顔は、いつの間にかベイのそれに化けていた。

その頭部から股間まで、大口径レーザーの光条が貫いたのは、次の瞬間だった。歓《よろこ》びのあまり防禦《ぼうぎょ》魔術も怠《おこた》ったか、彼はブランコに乗ったまま、前のめりに倒れた。鎖《くさり》に巻きついた二本の腕が、かろうじて支えた。

三〇秒と間を置かず、黒塗りのリムジンが二台、公園の前に停《と》まった。

前の車から、スーツ姿の男たちがとび降り、黒焦《こ》げの老人に走り寄った。

「早く運べ」

二台目から指示がとんだ。北京語であった。陳鯨任駐日大使と貪雷光書記官は、車中で両手を握り合い、嬉《うれ》し涙を流した。

「極秘で〈新宿〉上空に武装衛星を打ち上げた甲斐《かい》があった。これで我が国だけは破滅を免《まぬが》れる」

「アメリカ資本主義の走狗《そうく》も斃《たお》しました。大使、お歓びください」

「おお、今夜は大宴会といこう」

ビニールの運搬用シートに包まれた老人を一台目のトランクに押し込むや、リムジンは走り出した。

夕暮れが闇に変わる公園のブランコにひとりの男が乗っていた。

少し離れた地面から、おびただしい青白い手が浮き上がり、握りしめるように五指を動かしながら、男の足下へ近づいて行った。

3

ミランダが意識を取り戻したのは、〈メフィスト病院〉の一室であった。

ナース・コールを押すと、看護師の代わりに院長が訪れた。

「〝装甲人〟はどうなりました?」

まず尋《たず》ねた。

「行方不明だ。意識が途切れている」

「じゃ、世界はまだ――」

「無事だ」

メフィストはこう言って、ミランダを病室から連れ出した。

窓もない白い廊下が何処までも続いている。それを長いとは感じなかったし、疲れもしなかった。

数人の医師や看護師や患者たちとすれ違ったが、それも幻《まぼろし》のように思えた。

不意に白いドアが現われた。着いたと思った。

ドアの向こうには、広大な空間が広がっていた。茫々《ぼうぼう》たる夜の草原であった。

風が草をなびかせ、月光が濡《ぬ》れ光らせている。

二〇メートルほど向こうだろうか、肘掛け椅子《いす》に沈み込んだファウストが見えた。

「何を?」

「実戦だ」

気がついたのか、ファウストがこちらを向いて、にっこりと笑った。右手を上げて、にぎにぎをして見せた。

「あ⁉」

ミランダが呻いたのは、ファウストの正面から近づいて来る三つの人影であった。

「数日前、〈新宿〉で暴れ、ここへ収容されたもの、だ――まさしくもの。内部に人はおらん」

ミランダの眼も装甲姿と認めた。

三体とひとりは数秒間、対峙《たいじ》していたが、不意に三体が地を蹴《け》った。

大股《おおまた》でファウストに近づく姿は、殺意に溢《あふ》れていた。ミランダは息を呑んだ。ドクトル・ファウスト――メフィストの師といえど、狸爺いの見てくれは、平凡な小男の老人だ。おどろおどろしい〝装甲〟の一撃を食えば、骨ごとひしゃげてしまいそうに見えた。

「ドクター」

「見ていたまえ」

ファウストは動かない。その眼前で、一体が右手をふりかぶった。

確かにそれはふり下ろされたのである。だが、異様な音が上がるや、腕は肩からもげとんでいた。

それが始まりで――終わりであった。

三体がまとめてとびかかり、次の瞬間、首、胴、手足がばらばらに地面へ崩れ落ちたのである。

その真ん中から、ふわりと浮き上がった影がある。それは着地と同時にこちらを向いて、にっこりと人懐《ひとなつ》っこい笑みを見せた。

「〝装甲〟とは本来身を守るもので、攻撃能力はない。師からすれば簡単な相手だったろう」

「でも、あの〝装甲〟は、〝泡沫化現象〟を防ぐためのものではなかったのですか？　それがどうして暴力を揮《ふる》うのですか？」

「そこを君が眠っている間に開発者に伺ったのだがね」

「答えてくれまして？」

メフィストはうなずいた。

「で――何と？」

「ちょっとした冗談だった、とのことだ」

「…………」

ミランダは沈黙した。二の句が継《つ》げなかったのである。ややあって、

「〝泡沫化現象〟は世界的な広がりを見せています。放っておけば世界は泡になってしまうのよ。それが――冗談って……」

「本音《ほんね》だな」

「…………」

そこへ、当人が戻って来た。

「よお」

何処で揃《そろ》えたのか、ファンキー・ハットに赤いジャケット、同じ色の蝶《ちょう》ネクタイ、くるぶしまでのパンツ――下はスニーカーだ。

「ひと汗掻《か》いた。メフィストよ、冷えたビールを一

杯どうだ?」

「差《さ》し支《つか》えありませんが、あの〝装甲〟を処分してからのほうがよくはありませんか?」

「そう簡単にいくか。相手はわしだ」

「狂った師です。正常な師なら何とかなるはずです」

「むむむ」

「目下《もっか》のところ行先は不明です。何があったとお考えでしょうか?」

「監視衛星はどうした? おまえのコネなら米露英仏独はおろか、その美人の国の打ち上げ分も、自由に操れるだろう」

「どれにも映っていないそうです。ただし、一〇分ほど前、〈若松町〉にある通称〝ひび割れ公園〟から拉致《らち》された時のビデオは残っています。車で運ばれたらしいのですが、車は映っていません。電波妨害《ジャミング》をかけてあるのだと思われます。したがって犯人はわかっていません」

「ふむ。車を尾《つ》ける手は駄目か。大きな国ほど技術はセコハンだというが、まさしくだ」

「後はもうひとりのドクトルに期待するしかありません」

ミランダは殺気だった目を老人に向けた。彼は何処かから手鏡を取り出して、ポーズをつけていたが、不穏《ふおん》な空気に気づいた。

「うーむ、難しいのお」

と言った。それがあまり気が抜けていたので、ミランダは、

「そもそも、冗談半分って何ですの?」

「世界があまり平和なものでな、つい」

「この世界の何処が平和だと仰るんですか?」

ミランダの形相《ぎょうそう》は鬼女《きじょ》に近かった。

「破滅しとらんじゃろうが」

ファウストは事もなげに答えた。蝶タイをひねくりながら、

「平穏ということがどういうことか知っとるか、破

滅とは何を意味するかご存じか？　口はばったいようじゃが、わしはよく知っとる。星ひとつが燃え尽きるときの生き物たちの最期の姿を知っておるか？　凍りついていく宇宙の住民が、生き延びようとするのを見たことがあるか？　核戦争とやらで十億や二十億が消えるが何じゃ。国のひとつ二つが水の泡と帰すくらいがどうした？　おまえらはまだ生きとるじゃろう。わしの計算では、人間がその気になれば、争いなど三日間で絶えてしまう。飢《う》えるものなど一週間でゼロになる。それが、世界には飢えた子供が満ち、太りすぎるから残飯《ざんぱん》は捨ててしまえなどという金持ちどもが溢れておる。要するに義憤《ぎふん》に駆《か》られたわけじゃな、うむ。それで――」

「〝泡沫化現象〟を起こしたというのですか？　あなた――人間の生命を何だと思ってらっしゃるの？」

「人間が気易《きやす》く踏み潰《つぶ》すゴキブリや蟻《あり》と同じだと思っておるが」

「…………」

「しかし、さすがに色々と騒ぎが大きくなってきたので、そろそろ幕を引こうかと思っておったのじゃ。ところが、あの鎧《よろい》め、放っておいたら、自分の意志を持ちはじめた。そればかりか進化までしはじめたではないか」

「――ではないかって」

「わしは困った。〝泡沫化〟を食い止める手段が、あちこちうろつき廻って、万物《ばんぶつ》を破壊しようと目論《もくろ》んでおる。だからな」

「どうして、そんなことに？」

「恐らく、〝泡沫化〟の意思が伝染したのだろうて」

「病気の意思の伝染？」

「あんたが驚くことはなかろうて。ヤンジェ・ローヴェアスの弟子よ」

ファウストの眼の奥に小さな光が点った。それが女外務大臣にして女魔術師を金縛《かなしば》りにした。

「病が広がること自体が意思の表われとは思わぬ

か？　中世のペスト禍、第一次大戦下のスペイン風邪——単なる病原体の増殖と思っておるのか？　エイズはどうじゃ？　エボラ・ウイルスは？　今の医学ならどのような病原体の発生も予測できるのじゃ。それが蔓延するまで為す術もないときた。世の中、やる気のある奴が勝つのじゃ」

「なら、どうしてあなたの脳の複製を装甲の内部に？」

「食い止めようとしたのだよ。"装甲人"と化したわしによって、鎧どもの意思は統一できるはずじゃった。ところが、おまえたちが邪魔に入ったために、わしの脳は傷つき、狂気の支配者が生まれたのじゃ。おまえたちのせいじゃな」

最後は澄ました顔で言い放ったので、ミランダは切れた。

「このお」

白いケープが割って入った。

「いま支配者と仰いましたが、師よ、あれはあなた

の狂気と威厳とを備えて、装甲人どもを従えますぞ。その結果がどうなるかお分かりですな？」

「無論」

「ならば、早急に手を打っていただきたい。これまで似たような事件は幾たびも経験しておりますが、これほどの危機を感じたのは、はじめてです」

「むむむ」

「まだこの世界に愛着がおおありなら、速やかに手をお打ちいただきたい」

「むむむ」

「いまの三体を葬り去った手腕で、それは可能とお見受けいたしました。あれの行方は当方で突き止めます。後は何卒」

「むむむ」

と後じさるファウストへ、

「参りましょう」

「何処へだ？」

「緊急病棟です。"ひび割れ公園"から搬入された

患者がおります。彼があなたと戦っていたのは各国の衛星が目撃しております」

「それはそれは」

出動した。

白い治療ポッドのウインドウから顔だけ覗かせているのは、しげるだった。

メフィストはデータ・スクリーンへ眼を走らせ、

「一〇万度が貫通か——大した生命力だが、見たところ、ひとりではなさそうだ」

「うむ」

「そのとおりですわ」

と声を合わせたから、この三人は凄《すご》い。

メフィストがポッドにセットされたマイクを取って、

「聞こえるかね？」

少し遅れて、しげるの声が弱々しく、

「何とかなりそうです」

「それはよかった」


束《つか》の間《ま》、しげるは沈黙した。メフィストの言葉に真実を感じたのだ。彼は医師であった。

「助かりました。けど——」

「もうひとりのことかね？」

「そ、そうです」

「死亡したか？」

「はい」

「何か言い残したかね？」

「世話になった。ここはおれが逝《い》く、と」

死ぬのは、しげるでもよかったのだ。ベイが死を選んだ理由は、別れの挨拶《あいさつ》どおりであったろう。

「——それから、ドクターにも」

「ほお」

「術比《くら》べができなくて残念だ、と」

「ふむ」

「あと——ドクトル・ファウストという人へ」

「おお、おお」

禿頭が身を乗り出した。

「くたばれ、禿爺い、と」

「むむむ」

「君はもうひとりとその身体を共有していた。相棒の思考も読み取れたと思うが？」

「はい」

「彼を斃した相手についてはどうだね？」

「直感らしいんですが――中国の狗《いぬ》め、と閃きました」

「ゆっくり休みたまえ。心配はいらん」

「ド、ドクター――お願いがあります」

「何かね？」

「もし、病院に付属の探偵か何かいたら、彼女を捜《さが》してください。来須マチっていう造型屋です。歳《とし》は二〇歳《はたち》。身長は一六〇、バストは――」

「もうよろしい。残念だが、当院に探偵はおらん」

「わかりました」

しげるの声は死者のそれになった。

「任しておけ」

とファウストが言った。マイクは彼の手に移っていた。メフィストも気づかぬ早業《はやわざ》であった。

「師よ？」

「ちょっと――ドクトル!?」

メフィストとミランダの制止もどこ吹く風で、

「その娘――知らぬ仲でもない。よし、わしが捜してやろう」

「ほ、本当ですか？　でも――知らぬ仲じゃないって？」

「そこはそれ、魚ごころあれば水ごころじゃ」

ケケケとイヤらしく笑った。

「え、え？　ちょっと――どういうこった!?」

ポッドが激しく鳴った。しげるが抗議しているのだ。

メフィストがマイクを奪ってオフにし、

「師よ――病人に冗談が過ぎますぞ」

ファウストとマチは会っていない。単なる嫌がらせだ。

「ケケ、却《かえ》って薬になるわい。見ろ、おまえが探偵はおらんと言ったときより、血圧も心搏数《しんぱくすう》も精神パワーも上昇しておるぞ。まだまだ、おまえには人間も医術もわかっておらぬな」

「仰《おお》せのとおりで」

ふんぞり返る禿頭に、メフィストは一揖《いちゆう》した。

「では――お早く」

「中国の連中のところか？」

「左様」

「もう〈区外〉へ逃亡してしまったのではありませんの？」

とミランダ。

「ゲートへは〈中央公園〉を出る前に連絡済みだ。〝装甲〟姿でも、師の姿でもストップをかけられる。まだ連絡がない以上、彼らは〈区内〉にいる」

「何処に？」

ミランダは眉を寄せた。

メフィストは師を見つめた。

「どちらです？」

「ついて来い」

ファウストは、ドアの方へ顎をしゃくった。

三人が出て行った後も、しげるのポッドは、飽《あ》きずに揺れ続けていた。

Part8　地の底の人々

1

三人を乗せたリムジンが正門を出ようとした時、メフィストの携帯に連絡が入った。

〈四谷《よつや》ゲート〉の管理事務所からである。

五分ほど前、警察の検問を突破しようとした乗用車が、一斉《いっせい》射撃を浴びて、鉄柵《てっさく》を破り、〈亀裂〉へ落ちたという。

ミランダが驚愕《きょうがく》の視線をファウストに浴びせた。〈四谷ゲート〉は彼の指示で向かう地点だったのだ。

〈ゲート〉の前で、警官と管理官が待っていた。

「しかし、信じられませんね」

管理官が首を捻《ひね》った。

「車がぶつかったくらいで壊れる柵じゃないんですが」

破壊痕《こん》は一〇メートルにも及んでいた。管理官は額《ひたい》の汗を拭《ぬぐ》った。

「すぐ救助隊を向かわせましたが、何も言って来ません」

「何名だね？」

メフィストが訊《き》いた。

「一〇名です」

「すぐ引き上げさせたまえ」

「は？」

「代わりに我々が下りる」

メフィストはミランダをふり向いて、

「君はここで待て」

「そんな。これは私の仕事です」

「君の仕事は我が師を殺害することだ。だが、今それをされては困る」

「勿論《もちろん》です。あいつを片づけてからと思っています」

「だから待ちたまえ。ここは危険すぎる」

「嫌です」

「医師として禁じる」

「まだ医学的には何も起こっていません。それに私は患者ではありません。プラス、ドクトル・ファウストに逃げられては困ります」

「面白いではないか、メフィスト」

ファウストが口をはさんで来た。

「わしもおまえと二人きりよりは、生命《いのち》を狙《ねら》われようと女がいたほうが愉《たの》しい。連れて行け」

「しかし」

「拒否するなら、協力もやめるぞ。世界はおしまいだ。おまえのせいでな」

咎《とが》める眼差《まなざ》しを愛弟子《まなでし》に当て、すぐにミランダへ移した。ニヤついている。

「わかりました」

メフィストはうなずいた。

誰も下ろさぬようにと伝え、三人はエレベーターに乗った。

地下五五〇〇メートルが一応の底と言われている。

ドアが開くと同時に、メフィストは二人を制止した。

「どうした？」

尋《たず》ねるファウストの耳に、鈍《にぶ》い激突音が聞こえた。ミランダが低く、

「誰かが落ちて来たのね。自殺かしら？」

「ナイン」

とファウストが言った。

「じゃあ、何です？」

エレベーターの前方五メートル――ライトが作る光輪の中に、黒いものが激突し、四散《しさん》した。

白いケープが躍《おど》った。はねを弾《はじ》き落としたらしい。

音は遠く近くで鳴り響いた。

「絶対に自殺だわ」

ミランダが口元を押さえた。足下《あしもと》には人間の一部が花火のように散っている。

「でも、どうして急に？　半端《はんぱ》な数じゃないわ」

「とにかく出よう。上で呼んでおる」

ファウストが真っ先に降りた。

〝底〟と呼ばれるここが、本当にそうなのか、知る者はいない。

周囲二キロを調べたが、さらに下方への〈亀裂〉が見つからなかった。もうひとつ――二キロを超えた調査隊は誰ひとり戻って来なかったのだ。

ファウストとメフィストの間にはさまれながら、ミランダは下半身から冷気が這《は》い昇ってくるのを止めることができなかった。恐らく世界でも屈指の二大魔道士を凌《しの》ぐ不気味さが、この地底には漲《みなぎ》っていた。

おかしな音が前方から響いて来た。

緊張が、髪に手を伸ばさせた。

「師の鼻歌だ。〝ラ・マルセイエーズ〟だな」

背後でメフィストが言った。その場へへたり込みそうになるのを、ミランダは必死にこらえた。

「ファウストってドイツ人じゃないんですの？」

「そうだが」

「どういう神経をしてるのよ？」

自分は途方もない怪物を相手にしているのではないだろうかと思った。

「ん？」

ファウストが足を止めて、前方を眺《なが》めた。

「霧か」

白いものが見る見る天地を覆《おお》い、三人を包んだ。

「霧じゃ――気をつけろ」

こう言う前に、一同の視界は白く染まった。

奇妙な音がたちまち周囲を埋めた。鳴き声だ。呼吸音だ。そして――足音だ。

地下五五〇〇メートルに蠢《うごめ》く生き物たち――いや、本当に生きているのだろうか。

「そのピン――防禦《ぼうぎょ》用に使いたまえ」

メフィストが言った。

「はい」

左右から気配が近づいて来た。

ミランダは右手のピンでまず左手の平を刺し、すぐ左手に持ち替えて右手も刺した。ピンを咥《くわ》え、両手を交差させ、手の平を外側へ向ける。

霧の膜を裂いて、巨大なハサミが現われた。狙い澄ましたように、三人の首と胴を狙って来る。

だが、それは五〇センチばかり手前で見えない壁に撥《は》ね返されて後退した。二度三度と攻撃を試み、霧の中に消えた。

「やるのお、お姐《ねえ》ちゃん――生命拾いしたわい。ケケケ」

さして怯《おび》えてもおらず、感心したふうもないファウストの言葉に、ミランダは、

「いいえ」

と返した。

――しらばっくれて、この禿《はげ》
「ほう、帰って行くぞ。諦《あきら》めたらしいの」

「いいえ、二番手を恐れたのですな」

とメフィスト。

「また足音が」

ミランダがつぶやくように言った。

「――人の足音だわ」

四方から、土を踏む音がぴたぴたと。

「助けてくれ」

霧の向こうに、はっきりと人影が見えた。

「もう何年もここにいる。助け出してくれ」

疲れ果てた男の声に、

「お願い――地上の世界が見たいの」

女の悲痛な叫びに、

「痛いよお、寒いよお、しんどいよお」

あどけない泣き声が重なる。

ミランダは唇を嚙《か》んだ。精神が折れそうだ。

「魔道の技を忘れてはいまいな」

メフィストの声が、背すじに電流を通した。

足音はそこまで近づいているのに、触《ふ》れては来ない。防禦魔術の圏内には入れないのである。彼らは

生者ではないのだ。

救いを求める呻《うめ》きの中を、三人は平然と進んだ。

「妖魔悪霊《あくりょう》ではありませんね」

「さすがだな。〈亀裂〉へとび込んで亡くなった連中じゃやな」

ファウストが答えた。

「でも、五五〇〇メートルです。バラバラどころか、霧状にとび散ってしまうと思いますが」

この外務大臣も凄《すご》いことを口にする。程度の差こそあれ、彼らも人間以外なのだ。

「あ？」

ミランダが呻いた。霧の中から出現した青白い手が、豊かな胸を鷲摑《わしづか》みにしたのだ。

弾きとばして、手の平を見た。血は止まっていた。

ヘアピンへ手を伸ばすより早く、新たな手が胸を求め、タイトスカートを張りつめさせるむっちりした膨《ふく》らみに指が食い込んだ。

手はファウストとメフィストにも伸びた。

「鬱陶《うっとう》しい奴《やつ》らめ」

ファウストが息を吹きかけると、手も指も塵《ちり》と化して吹きとんだ。

メフィストの場合はもっと極端だった。白いケープに触れるや消滅してしまうのだ。

あまりにも桁外《けたはず》れな二人の間で、ミランダの喘《あえ》ぎ声が異色だった。乳房を摑んだ指は、服の上から乳首をこすりはじめたのである。ミランダはブラを着けていなかった。

「ああ……駄目」

死者の指にはあちら側の力が宿るのか、ミランダは抵抗するのも忘れて快楽に身を委《ゆだ》ねた。

ふっとそれが遠ざかった。

メフィストが右手のひと薙《な》ぎで、淫《みだ》らな死者の指を虚無《きょむ》に変えたのだ。

「やはり、来るべきではなかったな、女は」

ミランダは文句の付けようがなかった。メフィストの評価は適切だった。

通路は果てしない高さの岩壁の間を走っている。後方の騒ぎなど気にもせず、ハミングしていたファウストが、急に足を止め、前方を指さした。

「あったぞ」

霧はほとんど晴れていた。

その向こうに見える影は——

本来なら乗用車だ。だが、遥《はる》かに大きく、別の特徴を備えていた。

翼だ。

「旅客機じゃな。マレーシア航空か。ほう、そっちは戦車と装甲車、なんと船まであるぞ」

斜めにかしいだ巨大な影は確かに船体だ。それも一〇〇〇トン、二〇〇〇トンの小型船舶ではない。

ビルのような艦橋《かんきょう》の前後から宙を仰《あお》ぐ二連装の長影はまさしく砲身ではないか。

「戦艦じゃな。船名は——ウ、ネ——『畝傍《うねび》』じゃな」

ミランダは首を傾《かし》げたきりである。心当たりがなかった。大都市の地下五五〇〇メートルに、海の要塞がひっくり返っているほうが驚きだ。

ファウストには何の興味もないらしく、

「つまらんものばかりじゃな。乗用車は何処《どこ》じゃ？」

手をかざして四方を見廻《みまわ》していたが、五秒とかけずに、

「あった！」

走り出した。ミランダとメフィストも追った。

第一次大戦のフォッカーDr.Iらしき複葉機《ふくようき》のかたわらに、確かに現代のベンツらしい車体がひしゃげていた。

ミランダが疑義《ぎぎ》を呈《てい》した。

「でも、これ、一〇メートルかそこいらから落ちたくらいの壊れ方だわ」

「深さは五五〇〇あっても、落ちた距離もそうとは限らん」

ファウストは鼻歌混じりに車体を覗《のぞ》き込んだ。すぐに戻って、

「おらんな」

と言った。

「あそこでは？」

メフィストが左方を指さした。

「おひょ!?」

さっきまで濃霧に閉ざされていたところである。霧は薄れ、火花が上がっている。硬いものを打ち合う響きが伝わって来た。ファウストが訝《いぶか》しそうに、

「鍛冶屋《かじや》かの？」

「かも知れませんな」

薄暗い穴の中でもかがやくその美貌《びぼう》を睨《にら》みつけ、ファウストは、

「おい」

「左様《さよう》で」

ミランダにもわかった。鍛冶は鉄を打つ。溶けた金属を。地下五五〇〇にそれを職業とする者がいて、何がおかしい？　ここは〈魔界都市〉なのだ。

「行くぞ」

ファウストは足音を忍ばせて前進を開始した。

2

近づくにつれて響きは高く激しくなり、火花は天も地も赤く染めた。

やがて、凄《すさ》まじい光景が前方に展開したのである。

地面は石の床と化していた。

床には五メートル四方ほどの炉《ろ》が切ってあり、一メートルほど下には灼熱《しゃくねつ》した石炭が敷きつめてあった。

その上に鉄の台が置かれ、左右に立つ二人の男が、台上の装甲人に代わる代わる数十キロは下らぬ鉄鎚《ハンマー》をふり下ろしているのだった。男たちは鉄の胸当てと革《かわ》製と思《おぼ》しい作業ズボン以外は裸だ。台も装

甲人も胸当てもズボンも灼熱している。しかし、あり得ないこの状況で、男たちは休まず鉄鎚を揮《ふる》い、轟《とどろ》きと火花は世界を駆け巡《めぐ》る。

三人の視線は装甲人に注がれた。

兜《かぶと》も肩当ても胴も籠手《こて》も、別の形の、遥かに凶々《まがまが》しいものに化けている。乗用車ごと落下して一時間足らずの作業としては、驚くべき効率と言っていい。

だが——何のために?

ミランダの胸中に浮かんだ疑問を、ファウストが解いた。

「内部の奴が、より凶暴になれるよう作り換《か》えているのだ。それは、本来武器を持たぬ装甲自体に、より強大な力を与えることになる」

「師のお指図《さしず》ですかな?」

メフィストが、ファウストの言葉に含まれた破滅的な意味など、少しも解していないふうに尋ねた。

ミランダは、前方の奇怪な作業に、一種様式美《ようしきび》のようなものを感じていた。それも、この白い医師の美貌の仕業《しわざ》のような気がした。

「もうひとりの、とつけ加えろ」

ファウストは苦々《にがにが》しい声を上げた。

「失礼を。で、どうなさる?」

「始末するしかあるまい。あーあ、わしの複製脳——作る苦労を教えてやりたいがの。ここで待て」

言うなり、ファウストは悠然《ゆうぜん》と炎と鎚音《つちおと》の現場へと歩み寄って行った。

炉の縁で立ち止まった身体が炎《の》に包まれる影と化すのを見て、ミランダは息を呑んだ。

「こらこら、少し待て」

燃える老人は、燃える男たちに向かって言った。

男たちは手を止めてふり向いた。火を噴《ふ》く顔の中で、血色の眼がファウストを映した。

「やめんか。おまえたちが叩《たた》いているのは、わしの身体だ」

男たちが近づいて来た。ファウストの言葉を理解していないのは明らかであった。

「これ、よさんか。わしをトンカンやってどうする」

制止しながらも、ファウストは後退もしない。

男たちがぶら下げた鉄鎚をふりかぶった。

これはどういう戦いだ。

場所は地の底五五〇〇。

戦士は禿頭《とくとう》の老人と炎に包まれた巨漢二名。

武器は今、唸《うな》りを上げて老人の頭へ叩きつけられた鉄鎚だ。

ファウストの頭はひしゃげた。

二人目が完全に粉砕《ふんさい》してから、男たちは奇妙な現象に気がついた。

小さな頭は潰《つぶ》れた。しかし、血も脳漿《のうしょう》もとび散らない。

潰れた頭が、ひょいと——ゴム人形の頭部みたいに元に戻った。

鍛冶のひとりが今度は横からふった。鉄鎚は胴体にめり込み、胴体ごと反対側へとび出たが、抜けはしなかった。

二人目が頭へ打ち下ろした。それは頭ごと胴に沈んだ。

二本の手が柄の部分を摑んだ。

ひょいと持ち上げると、それを摑んだままの鍛冶屋たちは凄まじい勢いで宙をとび、空中でがっと頭頂を打ちつけた。

文字通り血の霧が爆発した。床に落ちた身体に、頭部は跡形もなかった。

「五五〇〇メートルの落下分じゃ」

ファウストは二人を放り出して、軽くジャンプした。頭がひょいと出た。

死は生を招くのかもしれない。

ファウストの前で、装甲人が上体を起こした。

その顔は、ファウストのものであった。

「おおい、メフィスト」

本物のファウストが上体を捻った。

「自分を殺すのは気分がよくない。おまえやれ」

「お断わりします」

「何と」

「大恩ある師を――たとえまがい物とはいえ手にかけるわけにはまいりません」

「むむ――おい、お姐《ねえ》ちゃん」

「ミランダよ」

「何でもいい。わしはまだ寝呆《ねぼ》けておる。今なら斃《たお》せるじゃろう。やってみい」

「承知しました。ドクトルとドクター、どちらも私に任《まか》せてくださるわね？」

「いいとも」

メフィストはうなずいただけだった。

「では――」

ミランダは右手を上衣《うわぎ》の内側に入れた。出て来た手は小さな自動拳銃を握っていた。銃口は、本物に向けられていた。

「おい、危ない。やめんか」

「今やっと、任務を思い出しました」

ミランダは血の気《け》を失った顔で言った。

「それはいいが、わしを殺せば、あいつを止められる者はいなくなるぞ」

「ドクターがいらっしゃるわ」

「おい、メフィスト」

怒りの眼光を、白い医師は笑《え》みで中和させた。

「弟子としましては、師に殉《じゅん》じようかと」

「この裏切り者」

罵《ののし》ったファウストの眉間《みけん》に小さな穴が開いた。

「射《う》ったな」

と言ったのはメフィストだ。

「はい」

なお小さな照星《しょうせい》と照門《しょうもん》で狙いを定めて、ミランダは、

「ごめんなさい。これで世界は救われます」

と言った。

「私の役目は終わりました。明日帰国します。後は

お任せします」

「これだから女という奴は油断ができん」

とメフィストは言った。

「まだ狂ったドクトルが残っている。そして、ドクトルを斃せるのは、ドクトルだけだ」

「何とかお願いします。いざとなったら我が国も協力いたしますわ」

「寝言は寝てから言いたまえ。君の手で、世界は一歩破滅に近づいた」

「その件については、忘れることにします。これで失礼いたします。お目にかかれて嬉《うれ》しかったですわ」

ミランダは倒れたファウストに眼をやってから、後じさりはじめた。
五、六歩進んで背を向けた。
小さな悲鳴が洩《も》れた。

その背後――つまり眼前に、おびただしい人形が立って、彼女を見つめていたのである。

サラリーマンふうもいる、主婦らしい女性も学生服姿もいる。そして、薄闇の中で、じっとミランダを見つめている。

「あなた方は？」

ミランダの右手が髪の毛へ伸びた。

ずい、と人々が前進した。

ミランダの両脇を抜けて、メフィストへと殺到する。

白い医師も彼らは無視した。倒れたファウストも踏んづけて、炉の中へとび下りた。

たちまち火に包まれたのは当然だ。

甦《よみがえ》った聖者に群がる信徒のように、彼らは次々に祈るような形で焼死していった。

メフィストの背後で、ミランダは呆然《ぼうぜん》と立ち尽くした。

五〇人近い人々が次々に焼身自殺を遂《と》げたのだ。

偽《いつわ》りの聖者は台上から、彼らを眺めているきりだ。

ファウストのナイン＝ＮＯが甦った。

落ちて来た人々——あれは自殺ではなかったのだ。一刻も早くここへ来るため——それだけの投身であった。

その周囲で、黒い影たちが、ゆっくりと立ち上がった。

焼死した人々だ。その姿はすべて装甲で覆われていた。

「師よ」

メフィストは仰向《あおむ》けに倒れたファウストに呼びかけた。

「悪ふざけはそこまでになさい」

「ふむ」

ぱっちり眼を開いて、ファウストは起き上がった。炉の方を見て、

「何じゃ、あいつらは？」

「一般〈区民〉です」

「そうか、遂《つい》に装甲どもめ、徒党を組みはじめたな。メフィスト——わしを始末せい。わしはまだ眼を醒《さ》ましきっておらん。今なら何とかなる。わしは少々、頭が痛い」

「承知しております」

メフィストの本心は、面倒ください、あたりだったろう。彼は静かに炉の方へ歩き出した。

炎は衰《おとろ》えていない。それなのにファウストが燃え上がった地点へ来ても、純白の姿に変化は生じなかった。

台上の偽《にせ》ファウストがこちらを指さした。

炉内の装甲人が一斉にふり向いた。どう見ても五メートル四方の炉の中に五〇体ばかりが収まっている。しかも炉の大半は台だ。彼らは物理的な存在ではないのだった。

何体かが跳躍して、メフィストの前に立った。

「私は医者だ」

とメフィストは言った。

「患者ではないが、病人と戦うわけにはいかん。下がれ」

言い終える前に、装甲は突進した。拳《こぶし》が風を切った。

肉眼では捉《とら》えきれぬスピードの中で、メフィストは動かずにいた。

攻撃はすべて彼の身体数ミリのところを流れ、そして、彼らの四肢《しし》は、音を立ててそのつけ根から床に転がったのである。

メフィストの右手に細いメスが光った。

新たな数体が上がろうとするのを、偽ファウストが止めた。

彼は台を下り、炉から出た。

前方にメフィストが立っていた。

「しっかりやれ」

と床上のファウストが叫んだ。声はプロレスの客だが、これは世界の命運を賭《か》けた戦いなのだった。

「邪魔者め」

と偽ファウストは言った。まぎれもないファウストの声であった。

「許さんぞ」

一歩踏み出そうとして、彼は動かなくなった。

メフィストの右手でメスが光芒《こうぼう》を放った。それに怯《おび》えたのか。

ケープが風を巻いて走った。

装甲の喉《のど》へ光条が一閃《いっせん》した。

左腕で受けた。

腕は肘《ひじ》から断たれて床に落ちた。

「いいぞ」

床のファウストが拍手を送った。

「あと一〇秒で、わしは復活する。おまえが勝てるのは今しかないぞ！」

メフィストもそれは心得ていたに違いない。一気に距離を詰めた。

ミランダが、あっと叫んだ。

メフィストがよろめいたのだ。

その胸元へ偽ファウストが肩から突っ込んだ。

弾きとばされ、一〇メートルも向こうの岩壁に背中からぶつかったときも、白い医師は美しかった。

悲痛に近い衝動が、ミランダの拳銃を、また上げさせた。

「動くな！」

「阿呆《あほう》め——そんなもの効《き》くかい」

ファウストの嫌みも届かなかった。銃口は、偽ファウストの眉間に直線を引いていた。

装甲の身体がゆっくりとこちらへ歩き出した。

魔術に移る余裕はなかった。

銃口が、かすかな発射音とともに跳《は》ね上がった。

続けて三発。

全弾、偽ファウストの眉間に吸い込まれた。小さな射入孔《しやにゆうこう》がみるみる塞《ふさ》がってしまう。

ミランダは引金を引き続けた。無効なのはわかっていた。何のための行為か自分でもわからなかった。

偽ファウストが、にんまりと笑った。両眼が血光を放ち、拳が引かれた。パンチの軽い一発で、ミランダの頭部は粉砕《ふんさい》されるだろう。

五五〇〇メートルの高みから、何かが落ちて来た。

それは炉の付近で巨大な火の花と変わり、偽ファウストとその配下を呑み込んだ。

原子弾の死の炎の中で、ミランダは両眼を開けていた。

一〇万度超の高熱に叩かれた岩壁が、砂のように崩れていく。

やがて、薄闇が戻ってきても、ミランダは空《から》の引金を引き続けていた。

メフィストがそばにいた。ファウストの姿は——

二人とも見えなかった。

「今のは？」

「原子弾だ。誰かが我々をまとめて片づけようとした」

「何処かの国の政府？」

「さて」

「ファウストは何処に?」

「不明だ」

ミランダはそれ以上訊かなかった。この街で、あの連中なら何をしでかしてもおかしくはなかった。

それよりも――

「ドクター、あなた――」

訊きかけて息を呑んだ。

世にも美しい顔は形を留《とど》めていなかった。

きらきらとかがやく水の珠《たま》が空中へ昇って行く。

「ドクター・メフィスト――あなたまで……」

ミランダの声は地底に捕らわれた囚人《しゅうじん》のそれのように虚《うつ》ろに広がっていった。

3

周囲よりもっと暗い闇がミランダの視界を閉ざした。

よろめく身体は、しかし、力強い腕に支えられた。

メフィストかと思った。

「無事かい? おれだよ」

しげるだった。

「おかしなところで会うな。大丈夫か?」

「ええ。何とか。それより、ドクターが」

「ここだ」

こう応じたのは、見覚えのある冷たく硬い装甲の顔であった。

「この装甲は我が師の良心かもしれんな」

「異常はないのですか?」

ミランダの声は安堵《あんど》で震えていた。

「何とか、な」

ミランダが呼吸を整えている間に、

「どうやってここへ来たね?」

とメフィストはしげるに訊いた。

「何となく――わかったんだ。何だか、行かなきゃならないような気がして」

「お蔭《かげ》で助かった。我が〈病院〉は患者も粒よりとみえる」

「いやあ、それ程でも」

と頭を掻《か》くしげるへ、ミランダが、

「ドクトル・ファウストが何処へ行ったか知らない？」

「いや、おれが来た時は、誰もいなかったよ」

「向こうだ」

とメフィストが通路の奥を見た。

「さっきは地上と言ったが、いま気配がした」

「危《やべ》え――帰るわ」

エレベーターの方へと向かおうとするしげるの肩を摑んで、

「だーめ」

ミランダは甘い声を出した。たちまちしげるは溶けた。

「来てくれるわよね？」

「いや――でも」

「お願い」

じっとしげるの眼を覗き込んで訴えた。

「わかった」

しげるは息も荒くうなずいた。怯えきっていた胸は、ホウレン草を食べたポパイのごとく膨れ上がっていた。


じき、安全圏の二キロの境に来た。

岩壁は姿を消し、荒涼《こうりょう》たる、しかし、自由の大地が何処までも広がっていた。

「この先から戻って来た者はいない」

装甲のメフィストが告げた。

「調査隊が持ち込んだレーザー探査機には何も映らなかったし、ドローンも行きっ放しだ。〈新宿〉でも珍しい真の未知なる世界だ」

「でも――いるんでしょ？」

「間違いない」

メフィストはしげるへ、

「彼女を連れて戻れ」

と命じた。

「お断わりします」

ミランダはきっぱりとかぶりをふった。

「ここまで来て戻れません」

「君は我が師を射殺することもできなかった」

「まだ魔術は試していないわ。たとえそれも効果がなくても、やれることはすべてやらなくては」

メフィストは、世にも珍しいひとことを放った。

「好きにしたまえ」

白い医師は一歩踏み出した。激しさを増した風が、ケープの裾《すそ》を翻《ひるがえ》した。


翌日の早朝、〈区役所〉は前代未聞のトラブルに襲われた。

受付のテーブルを、どんと叩いて、

「〈区長〉を出せ！」

高利貸しのように喚《わめ》いた巨体は、〈新宿〉一の女情報屋・外谷良子《とやよしこ》であった。

入口附近はたちまちパニックに陥《おちい》り、駆けつけた警備員のひとりが、外谷をひと目見るなり何かと誤解して発砲《はっぽう》してしまい、幸い命中しなかったから良かったものの、激昂《げっこう》した外谷がそいつを庁舎の外へ放り投げてしまったため取り返しがつかなくなり、やむを得ず、梶原〈区長〉が直接面談で事態収拾に乗り出す羽目《はめ》になった。

「で、何の用だね？」

〈区長〉の貫禄《かんろく》を示そうとしながら、それ以前に、圧倒的な肉体的ボリュームと気迫の差にたじたじとなりながら、梶原は何とか平静そうな声を絞《しぼ》り出した。

「何日か前、あのおかしな人形どもが暴れたおかげで、あたしん家が吹《ち》っとんでしまったのだ。〈区〉で弁償《べんしょう》しろ、ぶう」

「いや、それは――〈区〉の責任じゃありませんな」

内容を訊いて、これならいけると、梶原は胸を撫《な》で下ろした。

「じゃあ、誰の責任なのだ、ぶぅ?」

「強《し》いて言えば、あのような化物を造り出した奴でしょうな。ドクトル・ファウストと聞いております。目下《もっか》、行方不明だそうですが」

「その情報はあたしが売ったのだ、ぶぅ」

「はあ」

「とにかく、あんな奇病の発生を放置しといたのは、〈区〉の責任なのだ。さっさと一億円弁償するのだ、ぶぅ」

「いちおくえん?」

気は確かか、このデブ、と思った。

「壊されたマンションの現在の価格なのだ。中の備品や美術品の損害も含めると、その一〇倍はいくから、後でよろしくなのだ、ぶぅ」

「しかし、それはあまりに法外な。〈区〉としては調査の上で、納得のいく金額を」

「ふっふっふ」

「は?」

「どんな調査でもいいけれど、調べるのはあたしのほうが本職だわさ。あんた以下、責任者と調査員どもの汚職ぶりをすべて集めて、世間の眼にさらしてやるのだ、はっはっは」

「君、それは」

「自分が在職中に何をやらかしたか、改めて確認するがいい。世間に確認されるよりは、あたしと二人でしたほうがあんたのためにもいいんじゃないのかい、なのだ、ぶぅ」

「わかった。1Fの経理の窓口へ行きたまえ」

梶原は汗を拭《ふ》かざるを得なかった。

それを邪悪な笑いを湛《たた》えた眼で眺め、

「わかればいいのだ、ぶぅ――しかし、また来るのだ、ぶぅ」

と言って立ち上がった外谷を、梶原は呆然と見つめた。

「それじゃ」

ぶうと言い残して外谷はドアを開け、出て行こうとして、つっかえた。

「何だ、これは？」

それは肘掛け椅子であった。

腰かけた時、かなり強引に尻を入れたらしく、立ち上がるとついて来たのであった。

「おかしいぞ。何があったのだ？」
二、三度尻をふると、戸口とのサイズもぎりぎりだったらしく、何とか抜けられた。
「ほんじゃ、ぶう」

何事もなかったように、尻に椅子をくっつけて歩み去る巨体を、職員は呆然と見送った。

〈区役所〉を出て、悠々《ゆうゆう》と通りを歩いているうちに、さすがの大物も通行人の眼に気づいて、それから尻を撫でて真相に気づくや、あわてて横丁へ入り、ビルの壁に尻ごと椅子をぶつけて破壊した。

「ぶう」

ぽりぽりと尻を掻きながら、外谷は何故《なぜ》か裏通りを歩きはじめた。それも一〇歩行っては後ろを見、角を曲がればふり返るといった塩梅《あんばい》で、度胸の良さも根性の悪さも外見と瓜《うり》二つといわれるこの女にしては珍しい――或《あ》いはこの女らしかった。

外谷が警戒しているのは、得体の知れぬ――面識もない連中であった。あまりに情報屋としてその名声が高まったため、〈新宿〉で荒仕事をやらかそうとする連中が、正体を知られるのを恐れ、前もってお陀仏《だぶつ》にしようと企《たくら》むのだ。少し違うが、犯罪組織の大物が、いつか自分も狙われると、旧知の殺し屋を消そうとするのに似《に》ている。

通行中の狙撃や食事中のミサイル攻撃などは数知れず、ひどいのになると、サウナを利用中に温度を一〇〇超に上げて蒸し外谷をこしらえ、キロ二〇〇円で売りとばそうと企《くわだ》てた猛者《もさ》まで出現、外出時は、おちおち表通りも歩いてはいられないのであった。

必然的に通行は裏通りが多くなり、背後に気を配り、目立たないように歩くから、ついコソコソというふうになる。外出時の外谷さんは細心の注意を払うのであった。

「ん?」

と眉をひそめたのは、〈新宿三丁目〉の片隅《かたすみ》に辿《たど》り着いたときである。

ビルとビルの間の小路に置かれたドラム缶の端から、ジーンズをはいた足が二本突き出ていたのである。

「あれま、ぶう」

用心深く近づき、横たわる本体を眺めて、外谷はすぐ眼を丸くした。

「あんたは確か来須マチ」

どうやら面識があるらしい。マチのほうは、ラブホで行方不明になってから、一種の放心状態で街をうろついていたものだろうか。

「どうしたのさ?」

と訊いても返事がないので、襟首《えりくび》を摑んで、あらよと持ち上げた。片手一本であった。

どんな酔っ払いや麻薬中毒者《ジャンキー》でも、一瞬、外谷に気づくや、正気に戻るのだが、マチはちらっと見ただけで、また虚ろな眼に戻ってしまう。

「ふーむ、相当強烈な悪霊に憑《つ》かれたか、麻薬を射たれたかだね。ではとりあえず、よっこらしょ」

片手一本でマチを肩に乗せ、意気揚々《ようよう》と、近くのビルの三階まで連れて行ったものだ。

ドアには、

〈ぶうぶうパラダイス〉

とあった。外谷の移動オフィスである。

そこで何をどうしたのか、一〇分とたたぬうちに、マチは正気を取り戻した。

きょとんとするマチへ、

「事情はわかったわ。彼氏は今〈亀裂〉の底にいるわさ」

とんでもない内容を口にした。彼——しげるの居場所の的確さもさることながら、事情がわかったとはどういうことか。

「とにかく今日は少し休んでお帰り。この一件については、まだ危《やば》い連中がうろついているのだ」

「はあ」

とマチが応じたとき、ドアのチャイムが鳴った。

「何者だ?」

外谷はモニターのスイッチを入れた。

画面に映っているのは、禿頭の小柄な老人であった。

Part9

外谷《とや》さん、ひと暴《あば》れ

1

「あんたは――」

外谷は細い眼で禿頭《はげあたま》を値踏みした。

「ふうん。〈大久保二丁目〉の〃カピタン薬局〃の親爺《おやじ》だね。何の用なのだ、ぶう？」

「よくご存じですな、〈新宿〉一の情報屋殿にも知られておるとは、欣快《きんかい》の至《いた》りです」

「情報屋が知らないでどうするのだ、ぶう」

「それもそうですな」

にやりと笑った。

「で、何の用なのだ、ぶう？」

「勿論《もちろん》、お仕事の依頼です」

「お入り、ぶう」

ドアが開いた。

「待っといで」

マチに言い置いて、外谷は隣の待合室へ入った。


「野中《のなか》さんだったよね、ぶう？」

「左様《さよう》で。で、依頼というのはですね」

「はい、ぶう」

「これなんです」

野中は上衣《うわぎ》の内ポケットから分厚い封筒を取り出した。

その内側で赤い点《ランプ》が灯《とも》った。

「あ――」

キャベツも丸呑《の》みすると言われるでかい口をぽかんと開いた外谷には、事態が呑み込めていたのかもしれない。

封筒に忍ばせた爆破ペーパーは、手にした男もろとも、部屋の内部のあらゆるものを壁まで吹きとばした。

ごおごおと余韻《よいん》が響くその中で、

「大丈夫ですか？」

隣室にいるはずのマチの声がした。

「むむ、大丈夫」

応じた外谷の上に、銀色の姿が覆《おお》いかぶさっていた。

「あいつも、あたしを狙《ねら》う姿なき敵のひとりなのだ。あれれ?」

外谷がきょとんと、装甲の中から首だけ覗《のぞ》かせたマチを見つめた。

「これが、あの、泡立て防止鎧《アーマー》なのかね、ぶう」

「らしいです。いつの間にか私にも」

「つまり、その鎧がなくなると、あんたもふわふわシャボン玉?」

「そうなんです」

「ぶう」

外谷は丸太のような腕を組んだ。

「少し救助隊を当たってみようかね」

「本当ですか!?」

「借りは返さなくちゃね」

外谷は携帯を取り出した。平凡なスマホだが、この女が持つと何となく太って見える。

ピポパとキイを押し、

「あたし。ぶう」

と言った。

「マチって子がいるんだけど、あの鎧を着ちまってね。あんた何とかできない? え? ありゃ? え?」

スマホを睨《にら》みつけ、

「あの藪《やぶ》医者――忙しいって切っちまいやがったのだ。いつか制裁してやる、ぶう」

マチを見て、

「しばらくここでお待ち。何とかメフィストと連絡をつけてあげる」

「お願いします。泡になんかなりたくないわ。人魚姫はごめん」

「もっともだわさ」

外谷はスマホに頭突きをかました。マチはぎょっとして、

「何を?」

「機械はこうすると素直になるのだ」

あと二回かましてから、ようやく周囲を見廻《みまわ》し、

「うええ、壁には肉片、天井には髪の毛、床は血の海なのだ。自爆テロだなんてしでかしやがって。ぶう」

「慣れてらっしゃるようですが」

「昔からだからね」

「はあ」

とうなずいたところへ、またチャイムが鳴った。

外谷がインターフォンへ、

「はい、ぶう」

「隣へ越して来ました。江原《えばら》と申します。これはお近づきの印《しるし》に」

「どーも。そこへ置いといてくださいな」

「ここへ？　いいんですか？」

「今シャワーを浴びたところで。ふふふ」

よからぬ気配を察したのか、すぐに想像できたのか、江原某は、それではと告げて去った。

「ふっふっふ」

邪悪に笑うと、外谷はドアを開けようとした。

「待って。また、同じ奴《やつ》かもしれないわ」

「そんな。続けざまに二回もテロる奴なんかいないのだ」

「私なら、最初の一回は失敗する前提で計画を立てます。でも、襲われるほうは、今のあなたみたいに反応する。そこを突けば完璧《かんぺき》だわ」

「そんな。あんた若いくせに取り越し苦労ね。任《まか》せなさい」

ぼん、と胸を叩《たた》いて、ドアを引き開けかけ、外谷は、ん？　とモニターを見つめた。

またおっさんがやって来るではないか。似合わぬ濃いサングラスをかけ、顔の三分の二が隠れるくらいバカでかいマスクをしている。しかも――。

「禿でチビだわ。何かしら？　およよ、カッコ悪い」

服が合っていないのだ。上衣もシャツもズボン

も、みなオーバーサイズだ。どれも袖口《そでぐち》と裾《すそ》をまくってある。靴まで、合っていない。

男はそれでもスタスタとやって来て、ドアの前で立ち止まった。

マチが首を傾《かし》げた。

「おかしいわ。あの服、まるで落ちてるのを拾って――いえ、誰かのを剝《は》ぎ取って来たみたい」

外谷の襟首《えりくび》を摑《つか》んで、ぐいと後ろに引いた――つもりが、つんのめった。外谷が前進したのである。

モニター内の禿チビが、ドア前に隣人が置いていった紙バッグを蹴《け》とばした。

爆発がモニターを赤く染めた。炎が噴《ふ》き出すかと思われた。

外谷がひええとひっくり返り、間一髪《かんいっぱつ》、マチは後ろへ跳《と》び下がって圧死を免《まぬが》れた。

しかし、お隣さんも殺し屋だったとは。

「おっさん、巻き添えよ」

悲痛な眼差《まなざ》しをモニターへ向けて、マチは、あれ!? と眼を丸くした。

禿チビはそこに立っているではないか。いや、違う。顔はそのままだが、サングラスもマスクも、服一式が吹っとんで、首から下は、マチと同じ仕様の〝装甲〟で覆われているではないか。

「――ドクトル・ファウスト!?」

マチの叫びが聞こえでもしたかのように、老人はモニターの中で、にんまりと唇を歪《ゆが》めた。

――違う！

マチは直感した。何もかもそっくりだ。瓜《うり》二つどころか、二重存在《ドッペルゲンガー》といってもいい。だが、この老人は絶対にマチの知る、底知れぬ凄《すご》みを持ちながら、人間臭さも充分に兼ね備えたあの怪老人ではなかった。

「――あなたは!?」

思わずモニターへ叫んだ。

「来須マチ――思い出してくれたかの？ 驚かすつもりで顔を隠して来たが、おかしな街じゃ、まさか戸口に爆弾とはな。まあいい。おまえに用があって来た。一緒に来てもらおう」

言うなり、老人――ドクトル・ファウストの顔はモニター画面いっぱいに広がり、何とそこから、ぬうとこちら側へ脱《ぬ》け出して来たではないか。外谷は眼を廻している。


闇の中でメフィストは足を止めた。つられて他の二人も停止する。

「どうしたんだ?」

しげるが訊《き》いた。どちらに訊いたらいいのかよくわからず、二人の方を交互に眺《なが》めている。

メフィストが右手の甲を空中に向けた。指輪がある。

ミランダが一歩進んで、空中にヘアピンを刺した。ぴたり指先の延長線上であった。

光点が生じた。

しげるから一メートルも離れていない空間なのに、光点はみるみる広がり、少なくとも五〇メートルは前方に立つ人影を浮かび上がらせたのである。

「ドクトル・ファウスト」

ミランダが緊張の声を紡《つむ》いだ。

禿頭の老人は、前方の丸石にかけた人物の肩に手を当てたり、頭部をこづいたり、まるで人形でも扱うようなぞんざいな動きを示した。

いや、人形ではない。〝装甲人〟だ。あの鎧をつけた人物を嬲《なぶ》っている最中なのである。

時々、〝装甲人〟の肩や頭部から火花が上がった。

「あれな――人間だぜ」

しげるが息を吐き切った。

「でも――私たちとは違うわ。あの顔立ちや耳の形は――旧人、いえ、原人よ」

ミランダの声には神秘を眼にした響きがあった。

「ネアンデルタールより古く、北京《ペキン》原人と等しい――でも、あの骨格は、もっとずっと古い――猿人から原人に移る寸前の種族よ」

しげるが、ぎょっとミランダを見て、

「それじゃあ——あれは——世界最初の人間……？」

「かもしれないわ。これは過去の再現でしょうか？」

「さて」

メフィストは眼を閉じた。

右手がケープから出た。スマホが一緒だった。耳に当てた。

すぐに、

「今、取り込み中だ」

短く答えたスマホはまた白いケープに呑み込まれた。

ミランダのすぐ横で、しげるが小さく呻《うめ》いた。メフィストが歩き出したのである。二人も続くしかない。

五メートル近くまで来て、メフィストは足を止めた。

ファウストは感心したように、作品に見入っている。こちらに気づいたふうはない。

「師よ。何をしておいでです？」

メフィストが声をかけた。

ようやく禿頭はふり向いた。

怪訝《けげん》そうな表情になった。

「誰だ、おまえは？」

と訊いた。それはいつの時代の言葉であっただろうか。ミランダにもしげるにも見当がつかぬ、恐らくはメフィストもそうであったろう。だが、全員の耳に、それははっきりと彼らの国の言葉で鳴り響いたのであった。

「まだ、師——ではなさそうですな」

とメフィストが指摘すると、

「ひょっとしたら、未来から来た男か——わしの弟子とは驚いたが、あり得ることだ」

「ここはどちらでしょう？」

「後《のち》におまえたちが、アフリカと呼ぶ大陸の一角よ」

「何をなさっておいでで？」

「猿を人間《ひと》に造り変えておる。ところがこれは〝創造主〟の意図に反する行為でな。人間は宿命的な滅亡因子を幾《いく》つも抱《かか》えてしまうことになる。そこで、そのうちのひとつをカバーしようと試みておるところだ」

「滅亡因子？」

「そうだ。〝創造主〟は人間を愛してはおらんかったのでな」

「なのになぜ創造など？」

「わからぬ。我らの考えなど及ばぬ深い叡知《えいち》の為《な》せる業《わざ》なのだろう」

「或《あ》いは気まぐれとか？」

「かもしれん」

ファウストは否定しなかった。

だったら、人間の歴史とは何なのだろうかと、ミランダは思った。生み出された前提が単なる気まぐれなのだとしたら、その上、滅亡を約束されているなどとしたら、人間の意思や思考はどんな意味を持つ？　人間の存在理由とは何なのか？

「見るがいい、未来から来た弟子よ」

ファウストは猿とも人間ともつかぬ者の頭部に触れた。

彼の頭部は泡立ち、水泡が宙に昇って行った。

同時に兜《かぶと》がそれを覆って、〝泡沫化《ほうまつか》〟は止まった。

「わしはこうして〝創造主〟に逆らう。宇宙には、〝創造主〟を超えた生命の倫理が存在すると思うのでな」

「まず、それを学びました、師よ」

メフィストは恭《うやうや》しく一礼した。

2

「ところで何しに来た、我が弟子とやらよ？」

「私の世界で、ついに〝泡沫化〟が蔓延《まんえん》しはじめました。師によって造り出されたもうひとりの師の悪意にございます。我々は彼をここまで追いつめましたが、逃亡を許しました。そして、師は姿を消し、いま再会したのです」

「ふむ。すると、わしはわしではないということか、少なくとも今のわしでは、な」

「わかりかねます」

「まあ、いい。おまえの世界とやらを救う手立てを教えてやる」

ミランダとしげるが顔を見合わせた。

いきなりかよ、とそれは言っていた。

「それは？」

とメフィスト。

ファウストは兜のてっぺんを叩いた。

「すべてはこいつ――世界最初の人間の滅亡因子から始まっておる。後に生まれ繁殖《はんしょく》するあらゆる人間の遺伝子内にもそれは含まれるが、ただひとり、こいつの直系ともいうべき存在が何処《どこ》かにいる。我が弟子よ、そいつを見つけて保護せよ。その者の因子を封じ込めれば、とりあえず、〝泡沫化〟は収まる。封じ込める方法は、おまえが考えろ。早く行け。おまえが言うもうひとりのわしも、わしである以上、当然、このことに気づいているはずだ。或いは、複製であるが故《ゆえ》に、気づいたばかりかもしれんが、とにかく急ぐがいい。その者が誰かはおまえたちの世界へ戻ればわかる。そちらに進め。出口がある」

「師はどうなさるのですか？」

「まだまだ人間の持つ可能性の探査は尽きぬのでな」

ファウストは笑った。無邪気な子供のような笑《え》みであった。

「その可能性が、未来のおまえたちをとんだ目に遭《あ》わせるかもしれんが、それも可能性ゆえの試練だと思え。行くがいい」

芋虫《いもむし》みたいな指が、ある方向を示した。三人は歩き出した。

マチは喘《あえ》ぎを止めることができなかった。

大胆に開いた股間に蠢《うごめ》く禿頭が見えた。

生《なま》ぬるく軟らかいものが秘部を責めたてている。

もう三〇分以上、マチは快楽の熱泥《ねっでい》の中をのたうち廻っていた。

それでも、切れ切れに、

「……やめて……、許して……」

と哀訴《あいそ》する意識は残っていた。

舌が柔肉を割って、奥まで入り込んで来た。

「あ、あ、あ……指も……一緒に……どうしてこんな……こんなことが……できるの？」

「やっぱり――おまえか」

とファウストが顔を上げてマチを見た。眼の光がおかしい。

「世界最初の人間だけが持つ滅亡因子をおまえは手にしておる。そのおまえを始末すれば、世界はわしの狙いどおりに壊滅するのだが、正直、おまえという確信が持てぬのだ。因子を発見するには、おまえの肉体を刺激すればよいのだが――これがなかなか。本来ならとうに判明してもよいのだが」

「……普通の……人間なら……もうわかってるの？」

「そうだ」

「なら……少しは特別ってことじゃない……きっと持ってるのよ、その因子の特別なやつ……」

「まず間違いはなかろう。だが、これは一〇〇パーセント確信できぬ限り、判断は不能に留《とど》めておかねばならぬのだ。そういう決まりでな」

「もう……やめて……その前に……あたし……死んじゃう」

「よし。では、もっともっと確かめてやるわい」

「……やめて……」

ここは〈山吹町《やまぶきちょう》〉にある廃ビルの一室であった。

ファウストの魔力のせいか、身悶《みもだ》えするマチの声はか細く、しかし、どうしようもない淫《みだ》らな響きを帯びはじめていた。

やがて――

「おお、やはり」

勝利宣言のごとく歓喜に満ちたファウストの――偽ファウストの声が噴き上がった。

窓ガラスなど一枚もない窓の外から、パトカーのサイレンが急速に近づき、別の車の急ブレーキの音、こちらへ走り寄る足音が、ほとんどまとめてやって来たのは、このときであった。

ドアのない戸口からとび込むように二人の男が入って来た。ガードマンの制服を着て、ひとりが右手にボストンバッグを提《さ》げている。

どういう事情かは、ひと目で察しがついた。

ファウストとマチに気づいて、

「何だ、おまえら？」

「朝から変態ごっこか？」

バッグなしのほうが、右手のステアーMP０９を向けた。

本体のサイズは二〇センチ足らずと大型拳銃サイズだが、三ミリ弾丸三〇〇発入りのドラム弾倉《マガジン》と、ショルダー・ストックをつけると、SMG《サブマシンガン》に化ける。口径三ミリとはいえ、毎分一〇〇〇発で体内炸裂《さくれつ》弾をぶちまけると、〈機動警察《コマンド・ポリス》〉の二小隊は必要になってくる。

窓の近くで外を眺めていたボストンバッグが、

「面倒だ、殺《や》っちまえ！」

と叫んだ。声も血走っている。

「いや、待て。囮《おとり》に使えるぜ」

「莫迦《ばか》野郎、相手は〈機動警察〉だぞ。〝とにかく射《う》ち殺せ。後は〈メフィスト病院〉送りにすればいい〟だ」

ボストンバッグの声は絶望に萎《しお》れていた。〈新宿〉の警察は、建前上、人質の解放を呼びかけるが、無駄とわかった時点で突入を開始する。逃亡用の車やヘリを要求しても応じた例がない。突入すれば当然、人質は射たれる。そうしたら、犯人射殺後、即〈メフィスト病院〉の〝蘇生《そせい》病棟〟へ送れば済む。死亡確認しても、魂が肉体を離れるまでは生き返らせることが可能――〈メフィスト病院〉の鉄則だ。時間はまちまちだが、約三時間とされる。これなら射殺されてもまず何とかなる。

「武器を捨てて出て来い」

と外からマイクの声が呼びかけて来た。

「お上《かみ》にもお慈悲《じひ》はあるぞ」

「野郎――ふざけてやがる」

ボストンバッグが喚《わめ》いた。ステアーのほうが、

「完全に舐《な》めてやがるんだ。おい、そっちの爺《じじ》いを戸口へ連れてって、頭を吹っとばせ。そうすりゃいくら〈メフィスト病院〉だって生き返らせやしねえ。その上でこの女を人質にして逃げるんだ」

「グーだがよ。〈機動警察〉が聞くと思うかよ?」

「やってみなきゃわからねえ。半年かけて練った計画だぜ。お蔭《かげ》で五〇億のDC剤が手に入ったってのに、それでおしまいじゃ、あんまり情けねえぜ」

「わかった、やってみよう」

「――おい」

とファウストの方をふり返って、眼を剝《む》いた。彼はスプリングも剝き出しのベッドの上で、なおも全裸の娘の股間に顔を埋《うず》めていたのだ。

こっちの苦悩など、別世界の話――とでもいうふうな傍若無人《ぼうじやくぶじん》ぶりに、ギャングどもは激怒した。

「爺い――こっちへ来い!」

逆らうかと思ったら、

「あいよ」

ひょいと顔を上げて、ひょいとベッドから下りて、ひょいひょいとやって来た。

何処かで拾って来たようなぼろぼろの上衣とズボン――おまけにサイズが合っていない。

「話は聞いた」

にやにやとやって来た。

「だが、戸口まで行くのも面倒だ。ここで見せてやろう」

「何ィ?」

ファウストは両手を側頭部に当てて、ひょいと右へ廻した。首は軽《かろ》やかに一回転して戻った。

それから顎《あご》に手をかけ、よっと上下に引いた。

どちらもゴムみたいにめくれ上がり、口腔《こうこう》の奥から、もうひとつファウストの顔が現われた。

「て、てめえ——妖物《ようぶつ》か!?」

驚きの声と同時に、ギャングたちは三メートルもとびずさっている。

ステアーが火を噴いた。

ファウストの上半身は、一瞬、雨しぶきに包まれたように見えた。爆発した身体《からだ》は赤い霧と化した。

腰から下が残った。それはギャングたちの見守る中で、ベッドへと歩き出し、マチの股間に這《は》い上がった。

「やだ——来ないで——やだあ!?」

マチの両足が生々しく跳《は》ねた。

血まみれの下半身が女体の秘部に近づいて行く。何とも破廉恥《はれんち》で不気味でユーモラスな光景ではあった。

そして、二人の男とひとりの女が見つめる中で、二つの下半身の間に赤い霧が渦巻いたのである。それはみるみる上半身の形をとり、頭が出来、ニンマリと笑った顔は、ファウストになった。

白い円筒が窓からとび込んで来た。

床に落ちると同時に衝撃信管が発火し、無色無臭の催涙《さいるい》ガスを放出する。

奇怪な殺害と復活の間に我を忘れていた三人は、三つ数えたら攻撃を開始するという警告が耳に入らなかったのだ。

「阿呆《あほう》が。そんなもの効くかい」

ボストンバッグが嘲笑《あざわら》った。対ガス処置は施《ほどこ》してあるらしい。警察の制圧時における行動は誰でも知っている。

「おととい来やがれ」

ステアーMP09が窓外に向かって唸《うな》った。薬《やっ》莢《きょう》は出ない。ステアーはドイツのH&K《ヘッケラー・アンド・コック》と提携し、彼らが開発した無薬莢《ケースレス》弾丸の製造許可を得ているのだ。

「無駄な抵抗はやめい」

ファウストの声がした。ふり向く二人へ、小さな顔が、

「攻撃した以上、もう白旗を上げても殺される。子供騙《だま》しはやめて、本格的に行け。わしらも場所を変える」

ファウストの眼が光ったようである。

突然、ギャングたちの外見に変化が生じた。

どう見ても体内から湧き出したとしか思えぬゴツい装甲が全身をカバーし、頭部は兜に覆われる。

「よし。これで無敵じゃ。さ、蹴散《けち》らしに行ってこい。できるだけ、通行人や近所の連中も巻き込むのだ。これでわしらも自由に逃げられる」

装甲人間と化した二人が出て行くのを見送ってから、

「ボストンバッグは持って行きよったか、欲深《よくぶか》どもめが。さて、わしらも場所替えじゃ、気分が壊された」

「何処へ行くの？」

マチが荒い息で訊いた。

「当てはない。近くの廃墟《はいきょ》へでも行くかの」

ケケケと助平《すけべ》ったらしく笑った顔が、突如《とつじょ》、ねじ曲がった。

マチの身体が透き通りはじめたのだ。

「待て——何処へ行く？」

腕を摑んだ指は空気を握りしめた。

「ど、何処のどいつだ？」

絶叫したのは、マチが消滅したからだ。

「このわしの——ドクトル・ファウストの眼の前から獲物をかすめ取るとは？　一体、おまえは何者だ!?」

「偽ファウストは何処へ行ったのでしょうか？」

ミランダが、眼の前に置かれたチャーシューメンの丼をちらりと見てから訊いた。

「わからん。とりあえず腹ごしらえをしたまえ」

答えたメフィストの顔を見ないようにしながら、しげるが讃辞を送った。

「驚いたなあ、ドクター・メフィストともあろう人が、こんな場末のちっぽけな店を知ってるなんて。思ったより庶民的？　よく来るんですか？」

「そうとも」

厨房《ちゅうぼう》の戸口から、店の主人が応じた。

三人は〈四谷駅〉近くの中華料理店にいた。

ミランダとしげるが空腹を感じていたら、メフィストが心の中でも読んだみたいに、いい店を知っていると言い出し、

――どっかの宮廷料理かな？

と期待したら、店の名は「陳頓亭《ちんとんてい》」であった。

メフィストがまず、

「タンメン」

と注文し、
しげるが、

「味噌《みそ》チャーシューメン」

と来て、

「普通のチャーシューメン。肉厚切り」

とミランダが締めたのである。

午前九時――外は陽光の支配する地であった。

3

「ここはドクター・メフィストご贔屓《ひいき》の店だ。いつも美味《うま》いと言ってくださる。それより、お兄さん、場末の小さな店で悪かったな」

店主が凄んだ。耳に入ったばかりか、根に持っているらしい。

「いや、その」

しげるはとぼけたが、主人はでっかい中華包丁《ぼうちょう》を手に、のしのしとやって来た。

「何だったら、あんたの片腕でダシ取ってみるか？　案外イケるかもだぜ」

「わかったよ、ごめん」

「わかりゃいいいんだ」

主人は、メフィストにに、っ、こ、り、と笑いかけ、ミランダには一〇倍も人懐《ひとなつ》っこい笑みを与えて厨房に戻った。

「美味《おい》しいけど物騒なお店ね」

とミランダが肩をすくめた。

ふと、厨房との境の壁にかかっている五〇インチの壁面ＴＶへ眼をやった。

臨時ニュースのタイトルが流れたところだった。〈山吹町〉の廃墟にあるビルへ、二人の強盗が逃げ込み、催眠ガス攻撃を受けてとび出したものの、その際、〝装甲人間化〟しており、今も警察と戦闘中である。

画面は次々に変わり、二人が出て来る廃ビルを窓の外から映したものが出た。

あっ!?　と叫んだのは、しげるであった。

「あの爺い、あんなところに!?　あれ、もうひとり――」

他の二人の眼も画面に注がれる中、

「――マチだあ」

指さして絶叫した。

メフィストが立ち上がったところへ、アナウンサーが、

「この事件、警察の撮影したビデオには、ご覧のとおり、廃ビル内の二人の民間人らしき人物が映っておりますが、その後、警官隊が突入したところ、どちらもその姿は見えず、このビルに取り憑《つ》いた霊が映った心霊写真ではないかと言われております」

「もういないらしいですわね」

ミランダが眼を細めた。

「ど、何処いっちまったんだよお、マチぃ」

しげるの哀訴も知らぬ気にメフィストは眼を閉じていたが、

「偽ファウスト――〈山吹町〉の廃ビル――マチという娘――」

とつぶやき、最後に呪文《じゅもん》らしいものを口ずさんで、美しい石と化したように動かなくなった。

三〇秒ほどしてから、

「タンメン、まだ手をつけてないぞ」

としげるが言っても反応は無論なく、丸々三分後、不意に立ち上がって、二人をのけぞらせた。

「勘定《かんじょう》を」

「ド、ドクター」

厨房から主人が泣きそうな顔で現われ、

「スープのひと口でもすすってってくださいよお」

「勘定を」

「へ、へい」

主人は泣きながら、レジへ向かった。

「二〇〇〇円ちょうどです」

メフィストはお釣りも受け取った。

「レシートはどうします？」

「頂戴《ちょうだい》しよう」

「はあ」

外へ出ると、ミランダが、

「しっかりしてますね」

しみじみと言った。

「経費で落とすのでね」

「はあ」

「――ど、何処へ行くんだい？」

しげるは興奮状態にあった。

「〈病院〉だ」

「え？」

「〝計算の結果〟が出た。私の〈病院〉の〝開かずの間〟――どうやら今日はじめて開いたらしい」

「陳頓亭」の前には黒塗りのリムジンが駐《と》まっていた。いつ呼んだのかも二人にはわからない。

ミランダが乗り込んでから訊くと、

「呼んだ覚えはない」

と答えた。

「優秀な運転手《ショーファー》だからな」

〈メフィスト病院長〉付きの運転手は、連絡がなくても居場所と、必要とされる時刻がわかるらしかった。

走り出してすぐ、

「空模様が荒れ気味でございます」

と運転手が声をかけて来た。

窓外の景色は色を失い、遠い空に稲妻《いなずま》が走った。

「〈亀裂〉の底と一緒ね」

ミランダの声に応じる者はない。

何処をどう走ったのか、一〇分足らずで〈病院〉の駐車場へ入った。道路が混んでいるのはひと目でわかった。それなのに、リムジンは一度も停《と》まらずに来たのである。

降りる際、しげるが呆然《ぼうぜん》と、運転席へ、

「何処をどう通ったって、三〇分以上かかる。どんなルートを来たんだ？」

答えはひっそりと、

「〈院長通り〉を」

誰も知らない、メフィスト専用の〈通り〉なのであろう。

リムジンを降りると、メフィストは二人に向かって、

「ここで終わりだ。帰りたまえ」

と告げた。

当然、二人はこう息巻いた。

「冗談だろ」

「ご一緒します」

「私も入ったことがない、〈病院〉でも唯一《ゆいいつ》の場所だ。責任は持てん」

「〈魔震《デビル・クエイク》〉以来、誰にもこの街じゃ責任なんか取れやしねえよ」

「任務は終わっていません」

またもメフィストは、奇蹟《きせき》を繰り返した。

「好きにしたまえ」

〈新宿〉の住人とアフリカの外務大臣は、はじめて〈メフィスト病院〉の奥へと入った。

何処までも続く長い廊下は、青い光に満ちているとミランダは思っていたが、しげるは白い光がいっぱいだと感じていた。

時折すれ違う白衣の医師や看護師もやがて見えなくなり、長い階段を下り、また廊下を何度か曲がって、不意に黒いドアの前に出た。

周囲は神韻《しんいん》渺々《びょうびょう》と静まり返っている。

「前は何度も通ったが、一度も開かなかった――だが」

メフィストはためらいもせず、黄金製としか思えぬノブを摑んで引いた。

素直に開いた。

「ここで何が？」

ミランダの額《ひたい》には汗が滲《にじ》んでいた。

メフィスト、ミランダ、しげるの順で足を踏み入れた。

青い光に満ちた空間は、混沌《こんとん》の極《きわ》みにあった。

「網膜《もうまく》で音楽が鳴っているわ」

ミランダがつぶやき、

「口の中に色があるよ」

としげるが呻いた。

前方に赤い火花が散った。

そして、金属が金属を打つ響き。鉄鎚《てっつい》だ。それが鉄を打っている。

「同じだわ」

ミランダの声は長く、嗄《か》れていた。メフィストが応じた。

「打つものが違う」

三対の視線がそれぞれ感じる色彩の中を疾走《しっそう》し、火花の発生者を貫《つらぬ》いた。

そこは空間の沼ともいうべき場所であった。

溶けた空間が波打ち、沸騰《ふっとう》し、煮えくり返る――その混沌の中に、白い女体が見え隠れしていた。

「マチ!?」

叫びを後に残してしげるは走り出した。

その肩にメフィストの手が触れた途端、彼は立ち止まり、ぴくりとも動かなくなった。

「君の恋人は、〈新宿〉によって改造を施されているのだ。近寄ってはならん」

「けどよ――おい、改造って何だよ、改造って？　マチに何かしようってのか？　あの禿頭だって、あんただって許さんぞ」

「何かしているのは〈新宿〉だ。安心したまえ。彼女にとっては、我が師の偽者よりはマシだろう」

「そらま、そうかもしんねえけどよ」

少なく洩《も》らしたしげるの溜息《ためいき》に安堵《あんど》がこもっていた。

だが、空間はますます波立ち、騒ぎ、マチの裸身《らしん》を翻弄《ほんろう》しつづけた。

そして、黒い空間が、マチの口と鼻孔《びこう》から、いや、耳孔《じこう》からも股間からも侵入するのを見た瞬間、

「よせえ！」

しげるはとび出し、混沌のど真ん中へ身を躍《おど》らせた。

次の瞬間――彼はどっと床に落ちていた。

その上に、もうひとつ――白い裸体が落ちかかって、しげるに、ぐえと洩らさせた。

先にミランダが駆け寄った。

素早く、マチの脈を取り、瞳孔《どうこう》を調べて、

「無事です！」

と告げた。

「よろしい」

メフィストは、それから自分でも確かめ、上体を起こして、マチのぼんのくぼに右手を当てて、軽く押した。

一度痙攣《けいれん》してから、マチは眼を開いた。

虚《うつ》ろな、しかし、異様な光を帯びた瞳で三人の顔

を見廻し、

「ここは？」

と訊いた。

「我が〈病院〉の〝開かずの間〟だが——開いてしまうと、大したことはないな」

一同を囲むのは、一〇畳ほどの石造りの部屋であった。

光はあるが、何処から来ているのかわからない。

メフィストは両手にマチを抱き、廊下へ出た。

いつ連絡を受けたのか、右方の奥から数名の医師と看護師が、救命ポッドを運んで来た。


ここまで来る間に何が起こったのか、マチは何ひとつ覚えていなかった。ニュースの画面を見せても、記憶にないという。

特別病棟の一室に留め、しげるを残して他の二人は外へ出た。

「〈新宿〉が改造を施したと仰《おつしや》いましたね。何をしたのでしょうか？」

ミランダの問いに、

「それはわからん。彼女にとってよいことなのか悪いことなのかも同じだ」

「悪いこと？」

「人間が人間以外のものになる。だが、人間以上か人間以下かはわかるまい」

「なぜ、この街はそんな真似《まね》を？」

ミランダは問いかけをやめなかった。

「〝泡沫化〟とそれを防ぐ〝装甲人間化〟は、この街に破滅をもたらす。〈新宿〉にとっては容認し難《がた》い事態なのだ。それを防ぐためだろう」

「そのノウハウがわかれば、世界は救えますか？」

「少なくとも貴国はな」

メフィストは皮肉っぽく言った。ミランダは眼を閉じた。口惜《くや》しいのではない。安堵したのである。

「まだ敵がいる」

とメフィストは言った。

「我が師と瓜二つで、我が師と同じ力を持つ敵がな。この闘いは、ドクトル・ファウストと〈新宿〉の一戦なのだ」

「勝てるのでしょうか？」

「さて」

メフィストの声に、思わずその顔を見上げてしまい、ミランダは総毛立《そうけだ》った。

——なんて美しい——なんて恐ろしい
やはり、この医師は〈新宿〉の分身なのだ。〈魔界都市〝新宿〟〉の。霞《かす》んでいても、それはわかった。

恍惚《こうこつ》と恐怖に倒れかかる外務大臣を素早く支え、メフィストは何もせずに看護師を呼んだ。

一般病室で休ませろと伝え、自分は〈院長室〉へと向かった。

何処ともしれぬ長い廊下の途中で、

「おおい、メフィスト」

背後から呼びかける者があった。ふり向かずともわかっていたが、ふり向いた。

遥《はる》か向こうから、小柄な禿頭の老人が走って来る。

「お止まりなさい」

と命じたのは、五〇メートルあたりか。

老人は止まらずやって来た。

三〇メートル
二〇メートル
メフィストは制止もせずに、立ち尽くしたままだ。

五メートル
三メートル
二メートル
ファウストの顔が笑み崩れた。

次の瞬間、彼は頭から白い医師の心臓へとダイブを敢行《かんこう》していた。

すっと抜けた。

着地しざまにふり向いた。

その眼前で白い医師は、わずかにこちらへ身をひねった姿で、ゆっくりと倒れ伏していった。

静かだった。長い廊下の壁と空気が、メフィストの倒れる音を吸い込んでしまったのか。

「弟子、ついに師に及ばず」

ファウストは笑った。

それから、きょろきょろと四方を見廻し、

「さて、こんなとき、クイーンやクリスティーは、死体を何処に隠すかだな」

と首を傾げて見せた。

Part10

双《そう》身《しん》

1

午後一時――梶原〈区長〉は、警察からの緊急電話に跳《と》び上がった。

装甲をまとった人々が三つの〈ゲート〉に押し寄せ、それを食い止めんとする管理者側と駆けつけた警官との間で戦闘が勃発《ぼっぱつ》したという。

「いかん」

モニターで現場からの中継を見ているうちに、また電話が鳴った。

CIA局員レックス・ハーパーからのものである。

「目下《もっか》、各〈ゲート〉で繰り広げられている戦闘の結果は、我がアメリカ合衆国を含むあらゆる〈区外〉に対する恐怖そのものであり、〝泡沫化〟を蔓《まん》延《えん》させ、人類の滅亡を謀《はか》らんとする〈新宿〉による世界への挑戦である。我がアメリカ政府はこれを看《かん》過《か》せず、万が一、〈新宿〉〝装甲人〟が大挙《たいきょ》して〈区外〉へ押し寄せた場合、遺憾《いかん》ながら、〈新宿〉への戦術核の使用も辞さない。これは大統領判断による決定である」

「善処《ぜんしょ》する」

こう言って梶原は電話を切った。

すでに中国とロシアからも同様の通告を受け、どちらも善処で押し返したが、こりゃ本気だとビンビン伝わって来た。三国とも声が浮き浮きしているふうに感じられたのは邪推《じゃすい》だろうか。

「ふう」

とひと息ついたところへ、とどめが来た。

副総理の野木山《のぎやま》修造《しゅうぞう》と防衛大臣の稲垣友美が直々《じきじき》訪問し、

「〈区外〉へのさらなる〝泡化病〟患者流出を許した場合、一〇〇〇人を超えた時点で、政府は〈新宿〉とのあらゆる関係を断つ」

と申し渡したのである。

「つまり、〈新宿〉は日本の領土ではなくなる、という意味ですかな?」

「そういうことだ」

「アメリカやロシアや中国が核ミサイルを射《う》ち込んでも、当局、いや、政府は一切《いっさい》関知しないと?」

「そのつもりでいてほしい」

「善処するよ!」

二人が去ってから、梶原は、窓の外を見て、

「ドクター・メフィストは何処《どこ》だ?」

とつぶやいた。

とどめは、しかし、もう一本あった。

現場に向かった〈区役所〉の〝防衛課〟員が、

「〈区外〉から、〝装甲人〟たちと同じ格好の連中が、〈ゲート〉を渡って来ます!」

悲鳴のような叫びであった。

彼は足音高く〈新宿〉へやって来る装甲人間たちを目撃したのである。

それは〈新宿〉と同じと見えて、別の集団であった。

装甲全体がよりゴツいフォームを帯び、色彩も赤、緑、黒と様々だ。

そして、彼らは〈ゲート〉を渡り切るや、闘いを続ける警察と〈新宿〉の〝装甲人〟へ、一斉《いっせい》に襲いかかったのである。

拳《こぶし》が唸《うな》るや兜《かぶと》は歪《ゆが》み、蹴《け》りをくらった胴体は陥《かん》没《ぼっ》した。

もぎとられた兜や上腕装甲の下からは、水泡が立ち昇り、きらきらと上昇して行った。

「何事だ?」

梶原の問いに、

「おそらく、各国の装甲人間の攻撃かと。しかし、どう見てもこの集団行動は人間のものとは思えません」

「えーい、ひとつ二つぶち壊して中身を調べてみろ。うちの〝装甲人〟は何をしておるんだ⁉」

「〈区長〉、彼らは兵士ではありません。病人でありません

ます」

「警官とトラブって何をぬかしよる。こうなったら一歩も退《ひ》くな。〈区外〉からの侵入者など叩《たた》き潰《つぶ》せ！」

「おお！　増援が来ました！」

ここで〈新宿警察〉から装甲車やら特殊テロ対策装備等が駆けつけ、〈区外〉からの敵にレーザーや重火器砲を浴びせはじめた。

だが、装甲人間を斃《たお》せるのは装甲人間しかいないらしく、通常兵器での攻撃ではビクともせず、近づきすぎてぶん投げられるわ、砲身はへし折られるわの被害が続出した。

「えーい、山田《やまだ》組め」

ついに現実とやくざの区別がつかなくなったのか、梶原は関西やくざのトップ団体の名を叫《さけ》び、

「殴《なぐ》り込みには殴り込みをもって応じる。〝テロ対策課〟の大村《おおむら》を呼べ！」

やがて、やって来た、どちらかと言うとテロリストにしか見えない偉丈夫《いじょうふ》に、ある人物の名前を伝え、

「とって来い」

と命じた。

「危《やべ》えことになったなあ」

マチの横たわるベッドのかたわらで、しげるはモニターの画面を見ながら眉《まゆ》を寄せた。

「とうとう向こうから来たかよ。ありゃきっと、諸外国の〝泡化病〟患者だ。政府にたきつけられてやって来たんだぜ」

「違うわ」

しげるは、ぎょっとしてベッドのマチを見つめた。今までひとことも発せず、虚《うつ》ろな眼差《まなざ》しで何を見ているのかも不明だったのだ。

「違うって――何が？」

問いかけの答えは期待していなかった。

「彼らは患者じゃないわ」

「え？」

「兵器よ」

「それなら、考えようによっちゃ、こっちの装甲患者だって——」

「そんな意味じゃない。最初から作られた装甲なのよ」

「え？」

マチは指をさした。

「見てみ。あそこにぶち壊された奴《やつ》がいる。中身は？」

画面のひどく遠い地点——管理オフィスの横に、赤い首が落ちている。画面を近づけた。幸い切断部分がこちらを向いている。

中身は電子コードの山であった。

「コンピュータよ。あいつらは操《あやつ》り人形——ロボットなんだ」

「なんでロボットを？」

「性能チェックよ。あの治療法として生まれた鎧《よろい》を戦闘兵器として改造した連中がいるのよ。なかなか見事なものね。兵器が出来たら、即、実戦投入でしょ。ここは理想の実験場なのよ」

「ヤロー、人の街をなんだと思ってやがる」

しげるは両手を打ち合わせて、部屋の中を熊歩きしはじめた。

「そう言や、ファウストの爺《じい》さんはどうしたんだ？　さっき会ったときゃ、偽者かと思ったが、いよー元気で結構って手をふっただけで行っちまった。どいつもこいつもさっぱりわからねえ」

マチがベッドから下りた。しっかりした動きに、しげるも手を出さなかった。

「会社へ行くわ」

「何ィ？」

想像もしなかったことを言い出した恋人を、しげるはきょとんと見つめた。

「一緒に来てくれる？」

「ああ。いつだって一緒にな」

二人は部屋を出た。〈病院〉を出るときも誰も止めようとはしなかった。

タクシーを拾って、「SF造型」のオフィスへ辿《たど》り着いたのは一〇分後であった。

人はいなかった。

「みんなどうしたんだ?」

パニックに陥《おちい》りかけたしげるへ、

「今日は日曜日よ」

マチは一階の端にある造型室へと向かった。

「おい、勝手に使ったらまずいぞ。おれはともかく他の奴はいかんと、社長に釘《くぎ》を刺されてるんだ」

「それなりの実績は上げてるでしょ。『トイ・ワールド大会』優勝四回、『アメリカ・モデリング・コンペティション』七回優勝、『インターナショナル・造型コンテスト』全回優勝——あたしたちの手で一〇億ドルは儲《もう》けたはずよ」

「そらそうだがよ」

渋るしげるには見向きもせず、マチは愛用のデスクに腰を下ろすと、何やら加工しはじめた。

「おまえ、何か人が変わったみたいだな」

と言われても返事はない。

所在なく佇《たたず》んでいたしげるは、やがて、彼女の手元を見て、

「おい、何をこしらえてるんだ?」

「メス」

「メスって——プラスチックじゃねえか。これ造りに戻って来たのかよ?」

「うるさいわねえ、あっち行け」

すでにサンプルらしい一本を摑《つか》むや、しげる目がけて投げつけた。

数グラムしかないプラスチックの刃物は、しげるの胸にぴしりと食い込み、ヘナヘナと抜け落ちた。

「残念」

こう言って背を向けた恋人の背後で、しげるは凍りついていた。

——何だ、あの殺気は？　いや、妖気は？

と胸の中で呻《うめ》いた。

——まるで、まるで……

同じ頃、ミランダは病室でメフィストを待っていたが、代わりに別の歓迎すべき人物と出会うことになった。

病室は〈旧区役所通り〉に面していたため、病院の正門とエントランスが眼下に一望できた。

何気なく眼をやっていると、見覚えのある禿頭《はげあたま》が、ひょこひょこと門の方へと向かっていくではないか。

ほとんど反射的にミランダは起き上がっている。メフィストは一日休んでいけと言ったが、放ってはおけなかった。

ミランダの使命はドクトル・ファウスト抹殺《まっさつ》にあり、その標的が今、眼下を歩いているのである。しかも、ひとたび逃がしたら、次はいつ出くわすかわからない。

窓辺に寄った右手にはヘアピンが握られていた。

窓ガラスの前に達したとき、ファウストは、〈旧区役所通り〉を〈靖国通り〉の方へ折れるところだった。

その姿が視界から外れる寸前、ミランダはヘアピンを右眼へ突き刺した。

美貌《びぼう》が激痛に歪んだが、気は失わなかったし、何より、一滴の流血もなかった。

「これで逃げられないわよ、ドクトル・ファウスト。本物か偽者かはわからないけれど、片方を追って行けば、片方も必ず現われる」

ヘアピンに貫《つらぬ》かれた右の黒瞳《こくどう》には、通りへ折れる寸前のファウストがはっきりと映っていたのである。

ひと息吐《つ》いて、ヘアピンを抜いた。

瞳の中のファウストは消えたが、代わりにはっきりと、〈靖国通り〉の光景が近づいて来るではないか。今、彼女はドクトル・ファウストの見ている光景を追視《ついし》しているのであった。

2

〈四谷ゲート〉に遠からぬ〈新宿通り〉の歩道の上で、CIA局員レックス・ハーパーは、装甲人間同士の壮烈《そうれつ》な戦いを興奮に身を浸《ひた》しながら眺《なが》めていた。

警察はスピーカーで近づくな、下がれと連呼しているが、そんなものに耳を貸さぬ〈区民〉がハーパーの周囲を取り囲んでいるし、何より炎に包まれ、今も爆発音や銃撃の絶えぬ装甲人間同士の戦いぶりが凄《すさ》まじい。

ついさっきも、ぶん投げられた装甲車が一台とんで来て、逃げ遅れた連中が四、五人下敷きになったが、こういう見物に来る連中は、心得として強化剤を服用しているらしく、みな平気な顔で、一〇トンはある車体を押しのけて現われた。

「大したもんだ」

感動して拍手したら、

「舐《な》めてるのか、てめえ」

と何人かが拳銃片手ににじり寄って来たので、逃げ出した。

ひと息ついて周囲を見廻《まわ》すと、あちこちで水泡が上がり、その下で装甲が形成されていく。

病魔は広がりつつあった。

「いかんな。一刻も早くドクトル・ファウストを拉致《らち》しなくては」

などと呑気《のんき》なことを言いつつ周りを見ると、二〇メートルも〈新宿駅〉寄りの路上に停車したタクシーの窓から、二人のスラブ系がこちらを眺めている。

「おっ、ベルセンコとグリムイコだな。あいつらもまだ追いかけていると見える。よし、ここで始末をつけてやる」

素早く、ベルトに装着してあるハイパー手榴弾《しゅりゅうだん》を抜いて、タクシーに近づいた。

二人はなおもこちらを見たまま、いっかな反応を示さない。

五メートルまで近づき、はっとハーパーは我に返った。

ここまで無防備に近づいた自分もおかしくはないか!? そして、ロシア人たちは、まだこちらを見つめている。眉ひとすじ動かさず、まばたきひとつしない、同じ表情で。

罠《わな》かと思った。だが、誰の?

ぐらりと地面が揺《ゆ》れた。

よろめいた拍子《ひょうし》に、指が手榴弾のスイッチ・カバーを破り、ついでにスイッチも押した。

「わわわわ」

夢中で放り出そうとしたところへ、もうひと揺れ来た。

「わわわわ」

手榴弾は足下《あしもと》に落ちた。

バラバラになる瞬間、彼には罠をかけた相手の正体がわかった。

凄まじい炎の塊《かたまり》が消滅し、人々を薙《な》ぎ倒した衝撃が収まってから、しばらくの間、二人のロシア人を乗せたタクシーは、その場に留《とど》まっていた。二人の乗客もそのままに。

そこへ通りかかった親子連れの子供のほうが、

「パパ、今そこにあった車が消えちゃったよ」

と言うと、根っからの〈区民〉である父親は、

「よくある話さ。〈新宿〉の悪戯《いたずら》だよ」

と笑いとばして終わった。

凄絶《せいぜつ》な戦いは、不意に終わった。

三種三色の〝装甲人〟――否《いな》、〝装甲体〟は、悪戯を親から叱責《しっせき》された子供のように後退し、背を見せて走り去ったのである。

追尾《ついび》しようとした〈新宿〉の〝装甲人〟たちに

は、警官の制止が入り、ここでまた小競《こぜ》り合いが再燃することになった。

「いやあ、結構ですな、大使」

と〈区長室〉で梶原は笑いこけた。

「貴国の大統領が闘病中の癌《がん》の特効薬――ほら、〈新宿〉のマークがついとったでしょうが。これを教訓に、お互い深入りはよしましょう。この街を貴国の兵器の実験場に見立てるなど、もっての外ですな。いや、おわかりいただければ結構。おたくには、ネヴァダだのモハーヴェだの、結構な砂漠が山ほどあるじゃありませんか」

さらに――

「これはわざわざ〈新宿〉まで。恐縮でございます。ありますよ、セコイギン首相。何処ででも手に入る八種の化学薬品を、いっぺんに石油に変えるバクテリア。その、繁殖法もつけてなら、〈新宿〉からの装甲体の撤退ごとき惜しくはありませんよ。これで貴国も産油国のひとつ」

加えて、

「ニイハオ、ニイハオ。撤退よろしくあるね。おお、陳《ちん》主席が殺《と》られた？　これで〝新宿中国友好条約〟が締結《ていけつ》できるあるね。日本政府に挨拶《あいさつ》？　要《い》らん要らん。あいつら、ここは日本じゃないと明言したばかりあるね。とにかく友好、ばっちりよろし」

そこへ、

「何ィ？　三体が逃亡せずに〈区内〉へ侵入した？　捜せえ！」

三体の〝ロボット装甲人〟の目的はひとつ――ドクトル・ファウストの拉致と、その前にドクター・メフィストの抹殺であった。忠実なる弟子は、師の危難に際し、生命も捨てて向かって来るからだ。

三体には独立したＡＩの他に、イギリスとドイツが共同開発した心霊探知機能がついていた。

たちまちそれは機能を発揮し、メフィストの所在地へと疾走《しっそう》を開始した。

「次は何だ」

しげるは、うんざりしたように訊《き》いた。

マチのメス製作は二時間、そのくせ一本しか完成しなかった。もとから職人根性だけは旺盛《おうせい》な女で、決められた時間内に最良の品を造り上げる技術には誰もが脱帽する。それにしてもプラスチック製のメス一本に二時間かかりっきりで、やっと終わったと思いきや、

「次は大作よ」

部屋の隅《すみ》に飾ってある子供向けショーのサイボーグの着ぐるみに、何やら細工しはじめた。いつものことだから驚きはしないが、今回はその横顔に時々、ぞっとするような美貌の影が蠢《うごめ》いて、しげるに眼を見張らせた。

一時間ばかり過ぎたとき、下ろしてあるシャッターが明らかな破壊音をたてた。シャッターに怨《うら》みでもありそうな狂的な力が鉄板を引き裂き、剝《は》ぎ取って放り投げる。すべて音で理解できた。

「下がってて！」

マチが叫んで、着ぐるみを頭から被《かぶ》った。

ひと呼吸おいて、三体の〝装甲人〟が入って来た。

頭部が回転し、マチを見て止まった。

「――何だ、おまえら？　わざわざ何の用だ？」

しげるの叫びには耳も貸さず、二体が歩み寄った刹那《せつな》――マチの身体《からだ》が跳躍した。

限界まで広がった両脚が、二体の顎《あご》を捉《とら》え、兜ごと粉砕《ふんさい》した。

残る一体は、特別な機能を備えていたようだ。

その姿が消え――マチが壁際まで吹っとんだ。

ごお、と風が鳴って、三体目はマチの足下に現われた。

「超高速機能《ハイスピード》か!?」

しげるが叫んだ。三体目がこちらを向いた。マチ

に必要なのは、この隙《すき》だった。

廻し蹴りの要領でふられた右脚は、三体目の膝《ひざ》を裏からぶっ壊した。それは超高速移動に移った瞬間だったのであろう。狂いが生じた。三体目は壁をぶち抜き、その身を廊下に半《なか》ばめり込ませた。

「やった⁉」

しげるの歓喜は、しかし、すぐ恐怖と絶望に化けた。

そいつの身体には数カ所にわたって自動再生装置がついていたのである。

立ち上がった身体は、内蔵されていたもう一本の膝から下に支えられていた。

三体目は消えた。

しげるは眼を剝《む》いた。そいつのせいではなかった。

マチもまた消滅したではないか。

空中で耳を覆いたくなる脆性《ぜいせい》破壊音が轟き、それが四方に広がるや、壁と床と天井に、三体目の四肢《しし》と頭部と胴体が食い込んだ。

音もなくしげるのかたわらにマチが舞い下りた。

「なな、何をしでかしたんだ、おまえは？」

「何も」

「何もであるかい。超高速移動の機能なんてついてないはずだぞ」

「精神力」

マチがガッツポーズを取った。

「やめろ」

しげるが一喝《いっかつ》した。

「そんな莫迦《ばか》な話が何処にある。どうもおかしいと思っていたが、おまえ、何かに――」

こう喚《わめ》いたところで、

「夜のニュースです」

無事だったモニターが、見覚えのある顔を映し出した。

「禿爺い――いつMC《エムシー》になりやがった？」

「違うわ」

「え?」

マチは、下がってとしげるを突きとばした。力が余ったか、しげるは薄い壁を突き破って、倉庫用の隣室にひっくり返った。

マチはモニターからせり出した禿頭と死闘を展開中であった。

前も同じ手で拉致された。今度はそうはさせない。

「おまえが決め手だ」

ファウストは、マチを指さした。

「この場で始末して決着をつけてくれる。世界は宇宙の歴史から消滅する」

「お気の毒さま」

マチは右ストレートを放った。どういう理由《わけ》か、それはファウストの顔のど真ん中に命中し、肘《ひじ》までめり込んだ。

「あああ」

悲鳴になる前の驚きの段階で、マチは老人の内部に吸い込まれていた。

これで二度目だ。

慣れたわけではないが、前回ほどの恐怖はなかった。

頭から落ちた。

前と同じく別の場所だった。ファウストの身体は一種の四次元的通路になっているのである。

素早く起き上がった。

ファウストの姿はない。

興味はすぐ周囲の光景に移った。

「——何よ、これ!?」

そこは巨大な洞窟と言ってよかった。天も地も磊々《らいらい》たる岩塊《がんかい》に埋められ、しかし、光源も定かならぬ光のせいで周囲ははっきりと見て取れた。

岩をくり抜き、均《なら》したものだった。平坦な地面に、眼の届く限り無数の〝装甲人〟が横たわっていた。

「〈区民〉?」

思わずつぶやいた。

足下の一台に近づき、兜に手をかけた。外し方は何となくわかった。

兜は装甲内に引っ込み、黒髪の外国人が現われた。

ラテン系の女性だ。

次は？　アングロサクソンの老人だ。

次は？　日本人の若者であった。みな呼吸している。

「何人いるのよ？」

ざっと見たところでも四、五千人は下るまい。視力が届かぬ彼方《かなた》も入れれば優に万、一〇万を超すだろう。

〈新宿〉の人口は約三八万――そのすべてが集められていると明かされても、今のマチは驚くまい。

否、世界中がと言われても。

「立ってても仕様がないわよね」

出口がすぐ見つかるとも思えなかったが、うろついてみることにした。そのうち、引っ張り込んだ張本人も姿を見せるかもしれない。マチは歩き出した。

前方を、きらきらと光る珠《たま》が上昇して行った。

兜をつけていない〝装甲人〟がいるらしい。

「きれい」

口を衝《つ》いた。

兜の閉じる音がして、水泡《みなわ》は断たれたが、小さな光は天井の彼方まで昇って行った。

いっそのこと、みなああなれば、きれいだ。美しいと讃《たた》えられながら、滅《ほろ》びてゆけるのに、と思った。

どれくらい歩いたか、肉体的にはともかく精神的にうんざりしてきたとき、

「どうだ？」

左横を歩いていたファウストが訊いた。

ぎょっと立ちすくむマチへ、

「世界中から集めた〝泡化病〟の患者だ。ざっと八

億を超す。まだまだ増えるだろうて」

「あなたはどっち？」

二人のファウストについては、しげるから聞いている。

「きっと悪党のほうね」

「その辺は突き詰めんでおこう」

「私に何の用があるの？」

「おまえは、世界最初の人間のＤＮＡを最も強く持つ、ただひとりの存在だ。おまえの血脈だけが、〝泡沫化現象〟を食い止め得る。従って死んでもらわねばならん」

「さっぱりわからないわ」

「正直者だの。とにかく死んでくれればよいのだ。世界もじきに後を追う」

ふと、しげるの顔が脳裡《のうり》をかすめた。どうしようもない宿六《やどろく》だが、あれはあれで愛すべき男だった。

――世界を破滅させられちゃかなわないわよねえ
「おお、怖《こ》わ」

マチは額の汗を拭《ふ》いた。

3

拭く真似《まね》だった。

ファンデーションが剝がれ、小さな刺青《いれずみ》が露出した。

それは拳大のドローンに化けると、小指の先ほどのエンジンから白熱光を噴《ふ》きつつ舞い上がり、瞬時にファウストの頭頂へとマッチ棒サイズのロケット弾を射ち込んだのである。

ドローンもロケット弾も小型だが玩具《おもちゃ》ではなかった。

本体は五人の人間を運搬可能で、ロケット弾は一〇ミリの鉄板を貫く威力があった。

「うひょお」

六〇〇〇度の炎に包まれた頭部に手をやり、手もまた燃え上がらせて、ファウストは踊るように逃げまどった。

　マチは右頬《ほお》のファンデも落とした。

　化粧品の下に隠れていたのは、米軍の主力戦車《メイン・バトル・タンク》Ｍ３エイブラムスと、自衛隊のミサイル車輌《MLRS》であった。

　印刷刺青のように一ミリ足らずの厚さで皮膚に貼付し、そこから組み立て、稼働可能なら、後は実弾を用意すれば、充分な護身兵器になるどころか、火力によっては暴力団の組のひとつや二つは優に壊滅し得る。そして、ミニチュアに搭載可能なミサイルや爆弾は、〈歌舞伎町〉路地裏の屋台で、いつでも幾《いく》らでも手に入る。

　ファウストの顔と頭部が炎に包まれた。

「やった!?」

　眼前の光景が残忍だの、無惨《むざん》だの考える思考はマチにはない。込み上げたのは純粋な歓喜であった。

　ファウストが右足を上げた。地面へ踏み下ろすや、炎は最初からなかったもののように消えた。

「残念」

　ファウストは、にっと笑った。その笑顔の背後に潜《ひそ》む黒いものを、マチは見ることができた。

「偽者ね」

　ファウストの笑みが深くなった。

「起きろ」

と命じた。

　左側の装甲人間が五人、ふわりと起き上がった。

「殺せ」

と老人は命じた。

　鎧たちは、整然と歩き出した。

　ドローンのミサイルがその顔面に吸い込まれ、エイブラムスの一二〇ミリ主砲——のミニチュア——が火を噴いた。ＭＬＲＳのミサイルも正確に襲いかかる。

　数千度の火球が幾つも生じ、炸裂《さくれつ》の轟音《ごうおん》が空間を埋め尽くした。

　装甲の歩みは止まらない。その手がマチを八つ裂きにするのは数秒後に迫っていた。

地面が揺れた。

ただの揺れではなかった。

マチはその場に崩れた。

「おや?」

偽ファウストが歯を剥いた。

倒れたマチの背後に白い影が立っていた。

人間《ひと》は地下を恐れる。その閉塞《へいそく》感が精神的な恐怖を招来するからだ。物理的な圧力を受けていなくても、内臓は潰されると思い込み、心肺機能はみるみる低下し――最悪の場合は停止を免《まぬが》れない。そこに闇があれば、死ぬ以前に錯乱する。

だが、いま白い影を見た者は、闇よ落ちろと怒号《どごう》するだろう。

影よ、もっとかがやけと。

「来たな、メフィスト」

偽ファウストの眼がそれこそ爛《らん》とかがやいた。

「その女に憑《つ》いているとは、わしの五感でもわからなんだ。ひょっとして、わしのしたことか?」

「左様」

とメフィストは答えた。

「あなたは私を殺害し、その身体と魂をその娘に憑かせたのだ」

「ふむ。わしはどうした?」

「病院を出て行ったとしかわからん。だが、私に必要なのはあなただけだ。あなたが望んだように」

ファウストが白い医師を指さした。

装甲人が殺到する。

その眼前でケープが閃《ひらめ》いた。

巻き込むような流れに〝装甲人〟たちは魅了されたように吸い込まれ、回転が終わる直前に投げ出された。彼らは人形のように四散した。

「何かできるとは思っていなかったが、こうも簡単にやられては話にならんな。さすが、我が弟子と言わせてもらおう」

「お相手を」

このひとことに、偽ファウストの笑みが崩れた。

「いいとも。だが、折角《せっかく》の師弟対決だ。見物は多いほどよかろう」

二人の周囲で無数の気配が立ち上がった。横たわる装甲人間たちである。彼らはメフィストの方へと歩き出した。ファウストの姿は、その中に呑《の》み込まれた。

「——というわけで、戦いは後日」

限りなく明るいファウストの声が告げた。

これが返事だ。メフィストにはこの状況を覆《くつがえ》す策があったに違いない。だが、それは些《いささ》か別の形で行なわれた。

「そうはいかん」

世界中から集めたとファウストが豪語した装甲人たちが、次々にきらきらとかがやく珠《たま》に変化していったのである。装甲の内側ではない。装甲自体が水泡と化して、高みへと上昇して行くのだ。

「ほう」

とメフィストは洩《も》らした。そして、今度は彼自身が、きらめく光の珠の中に身を没していった。

あらゆる光彩が高みに吸い上げられるまで、どれほどの時間《とき》を要したか。

広大な室内に二つの影が残った。

身長も身体つきも瓜二つ——いや顔形もそのとおりの二人であった。

「ついに巡り会えたわい。わしの作品よ」

と片方のファウストが言った。

「こしらえたのは、わしだ。わしにもボケが来たか」

もう片方が嘲笑《ちようしよう》を放った。

「やはりそう来たか。だが、わしはごまかせん。覚悟を決めるがいい。この娘に手出しはさせんぞ」

「それは、わしの言う台詞《せりふ》だ。先廻りして立場を入れ替えようとしても、そうは問屋が下ろさん。まずはここで消えるがいい」

「それはこちらの台詞よ」

一〇メートルの距離を置いて、二人のファウストは向かい合った。

「裁定の準備は？」

と片方が訊き、

「よろしい」

と片方が受けた。


「わしはわしが誰だかわからん」

「わしもわしが誰だかわからん」

「では――わかる者を呼び出そう」

二人は同時にひとつ手を叩いた。

すると、その間に朦朧《もうろう》とひとつの影が形を取りはじめたのである。

それは人の形になり、すぐに妖艶《ようえん》な美女の姿になった。

ミランダであった。〈メフィスト病院〉を脱《ぬ》け出し、ファウストの後を尾《つ》けたはずの女が、なぜここに？


二人のどちらもそれを気にするふうもなく、石のような視線をよろめく女体に当てていたが、双方声を合わせて、

「女よ――どちらが本物だ？」

よろめく身体のバランスを必死で維持しながら、ミランダは二人を交互に見た。意志のない青いガラス玉のような眼であった。

右手が上がり、伸ばした人差し指が片方を示すまで、さしたる時間はかからなかった。

「見たか、わしが本物だとよ」

と片方が哄笑《こうしょう》し、

「わしが――偽者か？」

と片方がのけぞった。

「その女を連れて来たのは、おまえだ。一杯食わせたな」

「何をぬかす。連れて来たのは、おまえのほうだ。諦《あきら》めて、原子と化すがいい」

「むむむ」

とロごもったのは、はたして、ミランダが指さしたファウストかどうか。宇宙は困惑していた。

「消えろ」

「消えろ」

同時に叫んだ。

そして、片方が、ゆっくりと透き通っていった。

「やはり、わしが本物だ」

片方が地面を激しく蹴った。

「ほれ、固いと大地が泣いておる。おまえの足は土を蹴れるか⁉」

ファウストは、にやりと笑って、崩れ落ちたマチを見下ろした。

「これで世界は運命を成就《じょうじゅ》する」

滑《すべ》るように前進するその前で、ふわりとマチが起き上がった。

いや――白い医師が。

「我が師よ」

と彼は言った。


「メフィスト――まだ、いたか⁉」

ファウストは両眼を見開いた。瞳に浮かぶ娘が右手をふった刹那、光が眉間《みけん》を貫いて、ファウストはのけぞった。

そう仕向けた武器は一本のプラスチックのメスであった。

「やれやれ」

とファウストは、長い旅の果てに、宿の明かりを見つけた者のようにつぶやいた。

その顔が細かい粒状に変わると、おびただしい水泡が天へと駆け上がって行った。

「安らかに」

メフィストは光る粒を見送った。

それから、半ば消えかかったファウストに向かって、

「どうなさいますか？」

と訊いた。

「弟子なら何とかせい」

「遺憾ながら、私にはあなたがどちらの師なのかわかりかねます。つまり、このままお消えいただいても」

「そのほうが厄介《やっかい》が少ないというのか、この不忠者めが」

ファウストの幻は、夢中でじたばたしながら喚いた。

「えーい、何とかせい」

「しばし、お待ちを。あなたがどちらか、あの娘に尋《たず》ねてみます。あなたが生み出した最古の人間――そのDNAを引く唯一の存在ならば、あなたを救い、〝泡沫化〟を食い止めることが可能なはずでありましょう」

「お、おお、早くせい、早くせい」

と必死にせかしてから、何とも不可解な表情を浮かべて、

「もしも、わしがわしではなかったら、どうするつもりだ？」

笑っている。

「それは、私ではなく、運命にお訊きくださいませ」

メフィストは静かに、マチのところへ行き、そっと抱き起こした。後ろから上体を支え、耳元で、

「私の師を救えるかね？」

と訊いた。

「どちらの師を？」

「あちら」

マチは眼をこすり、悪あがきを重ねる老人に焦点を合わせた。

「どうだね？」

返事はない。

誰かが拒否しろと命じたかのように。

それから――

〝泡沫化現象〟は、始まったときと同じく突然に終息した。

〈区役所〉の奥で、ひとりおかしなダンスを踊る〈区長〉を除いては、誰も理由を知る者はいなかった。勿論《もちろん》、〈区長〉は間違っている。

国際ニュースは、ここ一両日で世界から数十万の人口が減少したと報じ、某国の女性外務大臣は、自らの国の減少が千単位だったことに満足して帰路についた。

造型屋に勤める若い二人は、また急に鎧兜の時間《とき》が来るのではないかと怯《おび》えつつ慎《つつ》ましく暮らしている。

何が起ころうとこの街では必ず終焉《しゅうえん》を迎え、それがどんな形を取ろうとも、〈区民〉たちは受け入れてしまう。

今夜も、〈歌舞伎町〉という名の不夜城《ふやじょう》を歩く通行人のひとりにけばけばしいネオンの下に立つ女たちが声をかける。

「何じゃい？」

とふり返るのは、禿頭《とくとう》で小柄な老人だ。

〈注〉本書は月刊『小説ＮＯＮ』誌（祥伝社発行）二〇一七年一月号から五月号まで掲載された作品に、著者が刊行に際し、加筆、修正したものです。

編集部

あとがき

本書を脱稿し、ゲラも返した段階で、書籍の編集長で、S伝社一の硬骨漢《こうこつかん》H氏から電話がかかって来た。

「先生——」

恥ずかしそうな声である。

「はいよ」

「実は今ここに、東大《とうだい》と阪大《はんだい》と早稲田《わせだ》がいるんですけど——」

向こうもゲラ・チェックを行なっていたらしいのだが、ひとつ不明な単語があるという。

〈準危険地帯《デンジャラス・ゾーン》〉——この〝準〟にもルビをふりたいのだが、国立二名、私学の雄《ゆう》一名が揃《そろ》って、この英訳ができないのだという。

読者もそうだろうが、わたしも呆《あき》れ返った。

早稲田は私立で、学生にかかる費用は学生の家庭が負担する。しかし、国立は許さん。彼らは我々の血の汗ともいうべき税金でぬけぬけと、しかも格安に大学生活をエンジョイしているのだ。

それが、

「〝準〟の英訳がわかりません」

頭へ来た私は、

「税金泥棒」

と罵《ののし》った。H氏の返事は、

「わーん、違わい」

であった。

これでは話にならない。ノベルス担当のM氏に替わった。東大とは彼のことである。

学生時代、キャデラックとフェラーリで通学していたという大金持ちの息子は、

「おのれは学歴詐称《さしょう》だろう」

と言うなり、

「切り裂きジャックとフランケンシュタインとドリアン・グレイの肖像《しょうぞう》画《が》とドラキュラ

が、一九世紀末のヴィクトリア朝ロンドンで暴《あば》れ廻《まわ》り、これに対抗するシャーロック・ホームズとアルセーヌ・ルパンと夏目漱石《なつめそうせき》と一戦交《まじ》えるという話はどうですか？」

さすが東大、他人の話を何も聞いていない。

「ああ、いいアイディアだ。山田風太郎《やまだふうたろう》先生に書いてもらえ」

と叫んだとき、受話器の奥で、

「セミじゃないのか？」

という声がした。

「プロレスの試合に、セミ・ファイナルてのがあるし」

もとからそう思っていた私は、

「そのとおりだ。『蟬《せみ》しぐれ』という小説もあるしな。さすが私立だ。よくやった」

と『小説ＮＯＮ』編集長Ｈ氏（先のＨ氏とは別人）の頭の切れに讃辞を送った。

話はそれだけである。読者諸兄《しょけい》があっという間に読み終えてしまう本にも、裏ではこういった暗闘が繰り広げられているのだ。

ドクター・メフィストもうんざりしているだろう。

編集VS.作中人物VS.作家という三《み》つ巴《どもえ》の戦いに〈魔界都市〉を絡《から》ませたら面白いかもしれない。

そのうちやってみよ。モデルは幾《いく》らでもいるのであった。

二〇一七年五月末日

「アイアムアヒーロー」（'16）を観《み》ながら

菊地秀行

ノン・ノベル百字書評

キリトリ線

なぜ本書をお買いになりましたか（新聞、雑誌名を記入するか、あるいは○をつけてください）

- □（　　　　　　　　　　）の広告を見て
- □（　　　　　　　　　　）の書評を見て
- □ 知人のすすめで
- □ タイトルに惹かれて
- □ カバーがよかったから
- □ 内容が面白そうだから
- □ 好きな作家だから
- □ 好きな分野の本だから

いつもどんな本を好んで読まれますか（あてはまるものに○をつけてください）

●**小説**　推理　伝奇　アクション　官能　冒険　ユーモア　時代・歴史　恋愛　ホラー　その他（具体的に　　　　　　）

●**小説以外**　エッセイ　手記　実用書　評伝　ビジネス書　歴史読物　ルポ　その他（具体的に　　　　　　）

その他この本についてご意見がありましたらお書きください

最近、印象に残った本をお書きください		ノン・ノベルで読みたい作家をお書きください	

1カ月に何冊本を読みますか	冊	1カ月に本代をいくら使いますか	円	よく読む雑誌は何ですか	

住所					
氏名		職業		年齢	

あなたにお願い

この本をお読みになって、どんな感想をお持ちでしょうか。

この「百字書評」とアンケートを私までいただけたらありがたく存じます。個人名を識別できない形で処理したうえで、今後の企画の参考にさせていただくほか、作者に提供することがあります。

あなたの「百字書評」は新聞・雑誌などを通じて紹介させていただくことがあります。その場合はお礼として、特製図書カードを差しあげます。

前ページの原稿用紙（コピーしたものでも構いません）に書評をお書きのうえ、このページを切り取り、左記へお送りください。祥伝社ホームページからも書き込めます。

〒一〇一-八七〇一
東京都千代田区神田神保町三-三
祥伝社
NON NOVEL編集長　日浦晶仁
☎〇三（三二六五）二〇八〇
http://www.shodensha.co.jp/bookreview/

NON NOVEL

「ノン・ノベル」創刊にあたって

「ノン・ブック」が生まれてから二年一カ月、ここに姉妹シリーズ「ノン・ノベル」を世に問います。

「ノン・ブック」は既成の価値に〝否定《ノン》〟を発し、人間の明日をささえる新しい喜びを模索するノンフィクションのシリーズです。

「ノン・ノベル」もまた、小説《フィクション》を通して、新しい価値を探っていきたい。小説の〝おもしろさ〟とは、世の動きにつれてつねに変化し、新しく発見されてゆくものだと思います。

わが「ノン・ノベル」は、この新しい〝おもしろさ〟発見の営みに全力を傾けます。ぜひ、あなたのご感想、ご批判をお寄せください。

昭和四十八年一月十五日

NON・NOVEL編集部

NON・NOVEL —1034

ドクター・メフィスト　消滅《しようめつ》の鎧《アーマー》

平成29年7月20日　初版第1刷発行

著　者　菊《きく》地《ち》秀《ひで》行《ゆき》

発行者　辻　浩明

発行所　祥《しよう》伝《でん》社《しゃ》

〒101-8701
東京都千代田区神田神保町 3-3
☎ 03(3265)2081(販売部)
☎ 03(3265)2080(編集部)
☎ 03(3265)3622(業務部)

印　刷　萩原印刷

製　本　ナショナル製本

ISBN978-4-396-21034-2　C0293

Printed in Japan

祥伝社のホームページ・http://www.shodensha.co.jp/